JN319277

# 市民刑事《デカ》

南　英男

Minami Hideo

文芸社文庫

目次

# 第一章　裏稼業の依頼

## 1

何かが狂いはじめたようだ。

そうとしか思えない。ついに電話は、一度も鳴らなかった。

もう午後五時を回っている。きょうも仕事の依頼はなさそうだ。

——これじゃ、失業者と同じだな。

田所達也《たどころたつや》は自嘲《じちょう》して、ラークの箱を探《さぐ》った。

空だった。煙草《たばこ》の買い置きはない。

田所は長椅子《ながいす》に寝そべって、ぼんやりＦＭ放送を聴いていた。世田谷区三宿《みしゅく》にある賃貸マンションの自室だ。間取りは１ＬＤＫだった。ラジオの音楽がレゲエから、テクノサウンドに変わった。

ちょうどそのとき、部屋のインターフォンが鳴った。

田所は起き上がって、玄関に急いだ。

ドアを開けると、若い女性が立っていた。二十三、四歳だろうか。

「何です？」

「アフリカの恵まれない子供たちに救いの手を差し延べていただけませんか？」

「寄附かな？」

「ええ」

「あいにく、こっちも恵まれてないんだ。悪いが、またにしてくれないか」

田所は微苦笑して、ドアを閉めた。

女の靴音が遠ざかっていく。田所はリビングに戻った。ラジオのスイッチを切る。

室内は仄暗《ほのぐら》かった。田所は、ガラス戸越しにベランダの外を眺めた。

夕闇《ゆうやみ》が濃い。

街の灯《ひ》が瞬《またた》きはじめていた。部屋は、最上の十一階にある。渋谷《しぶや》まで見通せた。

いったい、どうなっているのか。

仕事机の上のプッシュホンをちらりと見て、田所は溜息《ためいき》をついた。溜息は長かった。

田所は二足の草鞋《わらじ》を履《は》いていた。本業はフリーのライターだが、揉め事解決人《トラブル・シューター》を裏稼業にしている。三十四歳だ。

一カ月前までは本業で、割に忙しかった。

それがどうしたことか、今月に入ってから急に原稿の依頼が途絶えてしまったのである。前例がなかった。気にしないように努めても、やはり気になる。

何か仕事がしたかった。

田所は、家でくすぶっていることが苦手だった。

それに、経済的な不安もあった。田所は貯《たくわ》えのできる性分《しょうぶん》ではなかった。あれば、あるだけ遣《つか》ってしまう。そんなふうに暢気《のんき》に生きてこられたのは、独身だからにちがいない。

しかし、このまま開店休業の状態が三カ月もつづいたら、たちまち家賃も払えなくなる。無理をして買ったリビングセットは、まだ半年近くもローンが残っていた。

何とかなるだろう。

田所は胸の不安を追い払った。

貧乏暮らしには馴《な》れていた。しかし、できれば昔の生活に逆戻りしたくない。

雑誌編集者からフリーライターに転じたのは、五年前のことである。

二十九歳のときだった。勤めていた雑誌社が倒産してしまったのだ。

同僚たちは伝手《つて》を求めて、それぞれ中小出版社や編集プロダクションに散っていった。

だが、田所は再就職する気になれなかった。組織の中で働くことに、いささか窮屈さを感じはじめていたからだ。人間関係の煩《わずら》わしさからも解き放たれたかった。

文筆で喰《く》う自信はなかったが、とりあえずライターの看板を掲《かか》げてみた。仕事にありつけなければ、そのうちどこかに勤めるつもりだった。

幸運なことに、仕事には恵まれた。

半年ほどで、何とかライター稼業で生計を支えられるようになった。とはいえ、贅《ぜい》沢《たく》はできなかった。かつかつの暮らしだった。

カップ麵《めん》を啜《すす》って、空腹感を満たす日も珍しくなかった。家賃も、よく滞《とどこお》らせた。

田所は、主に硬いノンフィクションを手がけている。

その種の仕事は労働の割に報《むく》われない。原稿料は腹が立つほど安かった。取材費で、持ち出しになることもしばしばだった。

現に田所は二年数カ月前まで、半《なか》ば老朽化した木造アパートに住んでいた。

外壁のモルタルには罅《ひび》が入り、庇《ひさし》がところどころ剝《は》げ落ちていた。薄暗い廊下には、共同便所から洩《も》れたアンモニアの臭《にお》いが染みついていた。

田所が借りていた部屋は、二階の北向きの六畳間だった。

畳は黄ばんで、ささくれだっていた。天井は染みだらけだった。

風の通りも悪かった。底冷えのする季節には、容易に寝つけなかった。

それには耐えられた。しかし、生活騒音には悩まされた。

アパートの仕切り壁も床板も薄っぺらだった。階下の部屋や隣室の気配が、手に取るように伝わってきた。赤ん坊の甲高い泣き声、痴話喧嘩《ちわげんか》、テレビの音声、憚《はばか》りのない女のよがり声。

真夜中にならなければ、原稿を書くことも本を読むこともできなかった。生活騒音には、何年経《た》っても馴《な》れなかった。

いつか田所は、マンションに移りたいと思うようになっていた。年とともに文名は少しずつ高まっていたが、文筆の収入だけでは、その夢は叶えられなかった。生活に多少のゆとりが生まれ、いまの賃貸マンションに移ることができたのは副業のおかげだった。

サイドビジネスに手を染めたのは、およそ三年前である。

ある事件に巻き込まれたことがきっかけだった。

その日、田所は不審な男たちが無理やりに幼児を車に連れ込んでいるのを目撃した。公園の前の路上だった。何事かと思っているうちに、車は走り去った。

そのすぐ後、幼児の母親らしい三十歳前後の女がやってきた。女は子供の名前を呼びながら、小走りに走っていった。

田所は女を呼びとめ、幼児が車で連れ去られたことを教えた。女は茫然《ぼうぜん》と車の走り去った方角を見やって、しばらく立ち尽くしたままだった。誘拐事件だったのだ。

田所は、幼児の母親に警察に通報することを勧めた。すると、女が困惑顔になった。

「子供が誘拐されたことを世間の人に知られたくないんです」

「どういうことなんです？」

田所は、その理由《わけ》を訊《き》いた。

女がためらいがちに事情を説明した。彼女は、さる製紙会社の社長の愛人だった。さらわれた幼児は、社長の隠し子だという。

「ご迷惑でしょうが、どうか助けてください」

子供の母親は縋《すが》るように言って、田所のコートの袖《そで》を摑《つか》んだ。

しかし、田所は何もしてやれそうもなかった。遠回しに断った。

それでも相手は、哀願することをやめなかった。

やむなく田所は女の家に行き、パトロンに連絡を取らせた。子供の父親は、すぐに駆けつけた。その直後、犯人側から身代金を要求する電話がかかってきた。

〈新宿ピカデリーの指定席券をポストに入れた。明夕六時に、その指定席に二千万円を置け――〉

そういう指示だった。

幼児の父親は、その要求を呑《の》んだ。彼は田所の職業を知ると、犯人に身代金を渡す役目を引き受けてもらえないかと持ちかけてきた。

田所は、その役目を引き受けた。人助けのつもりだった。

次の日の夕方、田所は現金二千万円の詰まったスポーツバッグを映画館の指定席のシートの上に置き、いったん廊下に出た。少し間を置いて、別の出入口から指定席コーナーに戻った。

場内は暗かった。

田所は空いている席に坐り、目に暗視双眼鏡《ノクト・ビジョン》を当てた。

昼間のうちに、リース会社から借り出しておいた旧ソ連軍の特殊な双眼鏡だ。赤外線の働きで、場内の様子はよくわかった。

五分ほど過ぎると、犯人の片割れが現われた。

昨夕、車を運転していた男だった。黒いフェイスキャップを目深《まぶか》に被っていた。男はスポーツバッグを手にすると、すぐさま映画館を出た。子供は二時間後に解放されることになっていた。

すでに田所の役目は終わっていた。

だが、彼は犯人を尾《つ》けはじめた。正義感に衝《つ》き動かされたのだ。

男は二度ほどタクシーを乗り換えて、下町の低層マンションの前で車を捨てた。

田所は男が三階建てのマンションの一室に入るのを確認すると、その部屋に躍《おど》り込んだ。

室内には、犯人の二人組と拉致された子供がいた。幼児は、テレビのアニメーションを観《み》ていた。無傷だった。

男たちが顔色を変え、両刃のダガーナイフを振り回しはじめた。

田所は腕を浅く切られたが、少しも怯《ひる》まなかった。二人の男を叩きのめした。男のひとりは、製紙会社の元工員だった。

田所は携帯電話で一一〇番した。

幼い子を人質に取った犯人たちを見逃すわけにはいかなかった。パトカーは、ただちにやってきた。警察の事情聴取は執拗《しつよう》をきわめた。

しかし、田所は最小限のことしか語らなかった。母子の私生活には、ひと言も触《ふ》れなかった。新聞やテレビは、無事に子供を救い出した田所の活躍ぶりを大々的に報じた。

マスコミの取材にも、田所は余計なことはいっさい喋《しゃべ》らなかった。幼児の両親に、深く感謝された。

そうしたことがあって、田所の許《もと》にトラブルの相談が舞い込むようになったわけだ。持ち前の好奇心から、彼はさまざまな揉《も》め事《ごと》に首を突っ込みはじめた。トラブルをうまく処理してやると、多額の謝礼を得ることができた。

数日働くだけで、四、五十万円になることもあった。味をしめた田所は、揉め事《トラブル・》解決人《シューター》を副業にすることを思いついた。こうして彼は、落ち着いて原稿を書ける生活環境を手に入れたのである。

気晴らしに、飲みに行こう。出るついでに、溜《た》まった洗濯物をコインランドリーに持っていくか。

田所はソファから立ち上がった。

2

その直後だった。

窓の外から、救急車のサイレンが響いてきた。

田所は、にわかに心が翳《かげ》るのを意識した。両手で、耳を塞《ふさ》ぎたい気分だった。

——おれは、この手でひとりの男を殺してしまったんだな。

忘れかけていた苦い記憶が、田所の脳裏に蘇《よみがえ》った。たちまち胸のどこかが疼《うず》きはじめた。

サイレンが遠ざかると、田所はベランダに出た。

風は生暖かい。五月も下旬だった。

——牧村《まきむら》君が救急車で運び去られたのも、こんな夕暮れどきだったな。

街の明かりを見つめながら、田所は十三年前の出来事を思い起こしていた。

そこは、後楽園《こうらくえん》ホールだった。

場内には熱気が漲《みなぎ》っていた。K大ボクシング部員の田所は自軍コーナーで、乱れた呼吸を整えていた。全日本大学ボクシング選手権大会のウェルター級の準決勝戦だった。

対戦相手は、N大の牧村修一《しゅういち》である。どちらも三年生だった。

すでに一、二ラウンドは終了していた。

両者とも、ほとんどクリーンヒットが決まっていない。大学ボクシングの公式戦は、一ラウンド三分間の三ラウンド制だ。

余すのは、あと一ラウンドだけだった。

田所は今年こそ勝ちたかった。前年は二戦目で牧村とグローブを交《まじ》え、彼は判定で惜しくも敗れていた。なんとしてでも雪辱を果たしたかった。

残りは一ラウンドだけだ。焦《あせ》りが募《つの》った。

「ファイナルラウンドは接近戦に持ち込めよ。牧村は、典型的なアウトボクサーだからな」

四年生のチーフセコンドが、田所の耳許で言った。

うっとうしかった。いまさら他人に言われるまでもなく、対戦相手の得意技や癖は識《し》り抜いていた。

ゴングが鳴った。

田所は勢いよくリングの中央に躍《おど》り出た。

視線が烈《はげ》しくぶつかった。牧村の目には、ぎらつくような闘志が宿っている。

だが、体の動きが鈍い。小豆色のランニングシャツは汗を吸って、いかにも重そうだった。緑色のトランクスも、太腿《ふともも》にまとわりついて離れない。

前のラウンドで、牧村はラッシュしかけた。そのときに、かなりスタミナを消耗したようだ。殴り合いがはじまった。

牧村のフットワークの無駄《ロス》が目立つ。

田所は軽いジャブで機先を制しながら、右のストレートを繰り出しはじめた。しかし、牧村は大きくステップインする機会を与えてくれない。

打ち込むたびに、彼は素早くステップバックしてしまう。ストレートパンチは、いたずらに空を打つだけだった。

次第に田所は苛立《いらだ》ってきた。

気持ちだけが勇み立つ。烈しい打ち合いのないまま、一分あまりが経過した。

——今年が駄目でも、まだ来年があるさ。気負いを捨てるんだ。

田所はフェイントをかけながら、自分に言い聞かせた。

そのとたん、相手の突き出すグローブの細かい皺《しわ》がはっきりと見えるようになった。

沈着さを取り戻した証拠だ。ボクサーが落ち着きを失うことは、そのまま敗北に繋《つな》がる。

――落ち着くんだ。もっともっと。そうすれば、おれは必ず勝てる。

田所は胸底で呟《つぶや》いた。

その矢先だった。牧村の放ったロングフックが、田所の顔面をまともに捉《とら》えた。重いパンチだった。

田所は一瞬、目が霞《かす》んだ。ガードが崩れる。

すかさず牧村が深く踏み込んできた。

田所はステップバックする前に、ショート連打を見舞われていた。

しかし、パンチはどことなく弱々しい。どれも体重がかかっていなかった。

やがて、牧村は自分から離れた。苦しげだった。

田所は大きくステップインして、相手の胃袋《ストマック》と肝臓《レバー》をつづけざまに突き上げた。アマチュア・ボクシングでは、対戦相手の腎臓《キドニー》を打つことは禁じられている。

手応《てごた》えがあった。

ダブルパンチはきれいに決まった。牧村が苦痛に顔を歪《ゆが》めて、背を丸める。

田所はラッシュ戦法に出た。

だが、その前に巧《たく》みに逃げられてしまった。頭に血が昇《のぼ》った。田所は追った。

牧村が懸命に逃げる。顎《あご》の先から、汗の雫《しずく》が滴《したた》っていた。雫は大粒だった。もう打ち返してくるだけの体力はなさそうだ。

田所は、自分でも無謀と思えるほど積極的に前進した。右のショートフックを放つと、牧村が足を縺《もつ》れさせた。

両腕が下がった。無防備だった。

チャンスだ。

相手の内懐に飛び込むなり、田所はアッパー気味の右ストレートをぶち込んだ。腕に痺《しび》れが走った。牧村の肉と骨が鈍く鳴った。

浮いた顎《チン》に、田所は左フックを浴びせた。

ヒットした。

牧村がぐらつく。田所は打ちまくった。牧村も機械的に腕を交互に伸ばしてくる。パンチは、どれも的《まと》を逸《そ》れていた。

田所はラッシュした。

牧村が棒立ちになった。ノーガードだった。

田所は振り被《かぶ》った。体重《ウエイト》を乗せた右フックを相手のこめかみに叩《たた》きつける。命中した。

牧村が両腕をV字形に拡《ひろ》げ、そのまま仰向《あおむ》けに倒れた。

場内がどよめいた。レフェリーがカウントを取りはじめた。

田所は中立コーナーに立ち、大の字に横たわっている対戦相手を見下ろした。

牧村は動かない。

白いマウスピースを覗かせて、いかにも苦しげに腹を波打たせている。閉じた瞼《まぶた》は、両方とも大きく腫《は》れ上がっていた。熟れた李《すもも》のようだった。

「……エイト、ナイン、テン！」

レフェリーが大声で告げた。

牧村はダウンしたまま、起き上がろうとしない。

田所は口許を緩《ゆる》めた。レフェリーが彼の右腕を高々と翳《かざ》した。田所は、リングサイドの仲間たちに笑顔を向けた。

拍手と歓声が返ってきた。嬉しかった。

レフェリーが屈《かが》んで、牧村の腕を摑んだ。

牧村が頭を振って、のろのろと身を起こす。その瞼は、半分ほど塞《ふさ》がっていた。体も不安定に揺れている。N大の二人のセコンドがロープを潜《くぐ》り抜けて、リングの中に入ってきた。

数秒後だった。

不意に牧村が、レフェリーの肩に凭《もた》れ掛かった。そのまま彼は頽《くずお》れ、ふたたびマットに倒れ込んだ。仰向けだった。セコンドたちが心配顔で牧村に走り寄る。

「ドクター、ドクター！」

レフェリーが切迫した声で、リングサイドに控えている医師を呼んだ。すぐさま初老の医師がリングの上に駆け上がってきた。

田所は急に不安になった。

勝利の歓《よろこ》びは吹き飛んでいた。顔の火照《ほて》りが急速に冷めていく。

医師がマットに片膝《かたひざ》をついて、牧村の瞳孔《どうこう》を検《しら》べた。

その顔は、すぐに引き締まった。何やら深刻そうだった。不安が膨らんだ。

「いかがです？」

「脳挫傷《のうざしょう》の疑いがあるから、救急車を呼びましょう」

初老のドクターがレフェリーの質問に答えた。

田所は、全身の血が引くのを自覚した。脳挫傷で何年かにひとり、命を落とすアマチュア・ボクサーがいることを知っていたからだ。

N大のアシスタントセコンドが慌《あわ》ただしくリングを降りて、役員室に走っていった。

大丈夫だろうか。

田所は対戦相手の身を案じながら、そっとリングを降りた。

通路を歩いていると、N大生たちの罵声《ばせい》が飛んできた。辛かった。田所は急ぎ足で選手控室に戻った。

控室の空気は重かった。

田所に気がつくと、クラブの仲間たちが次々に駆け寄ってきた。

「心配するな。牧村は脳震盪《のうしんとう》を起こしただけさ」

「おまえに反則《ファウル》はなかったんだから、あまり気に病《や》むなよ」

仲間たちの励ましは、ありがたかった。

しかし、胸の不安は去らなかった。加害者意識も薄らがない。

担架《たんか》を持った救急隊員たちが選手控室の前を通りすぎていったのは、七、八分後だった。

田所は両手にバンデージを巻いたままの恰好《かっこう》で、N大の選手控室を覗いてみた。牧村は担架の上にいた。

田所は担架に近づいて、低い声で呼びかけた。

返事はなかった。牧村の意識は、すでに混濁しているようだった。

「ぼくも病院に行きます」

田所は、対戦相手のチーフセコンドに申し出た。

チーフセコンドは口も利かなかった。憎しみの籠《こ》もった目で田所を睨《にら》み、邪慳《じゃけん》に払いのけた。

やがて、救急車は走り去った。

近くの大学病院に担《かつ》ぎ込まれた牧村は、ただちに開頭手術を受けた。初老のドクターが診立《みた》てた通り、彼は脳挫傷を負っていた。

手術は虚《むな》しかった。牧村は意識を回復することなく、翌朝、息を引き取った。

対戦相手の訃報《ふほう》に接したとき、田所は何も言えなかった。

牧村が死ぬことをまったく予想しなかったわけではない。それでも、ショックは大きかった。

田所は試合中、一度も反則は犯していない。

したがって、法的な責任は何もなかった。だが、人を殺したという意識から逃れることはできなかった。

止《とど》めの一発を放ったことが悔やまれた。そのパンチが脳挫傷を招いたのだ。

その日の午後、田所はクラブを退部した。

高校一年生のときからボクシングに情熱を注いできた彼にとって、グローブを捨てることは辛かった。しかし、牧村の家族のことを思うと、ボクシングをつづけることは心苦しい。

部長や仲間たちに強く引き留《と》められたが、田所は決意を変えなかった。けじめをつけたかったのだ。

退部届を出した足で、田所は西永福《にしえいふく》にある牧村の自宅を訪ねた。

だが、亡骸《なきがら》には対面させてもらえなかった。田所は、変わり果てた対戦相手にひと言詫《わ》びたかった。

あくる日、告別式に出かけた。

牧村の両親はますます態度を硬化させ、田所の顔に塩を浴びせかけてきた。それでもなお、田所は焼香をさせてほしいと頼み込んだ。

すると、奥の部屋から五つか六つの少女が飛び出してきた。牧村と顔立ちが似ていた。牧村の妹らしかった。

「人殺し！　帰ってよ」

少女は田所を面罵《めんば》した。円《つぶ》らな瞳《ひとみ》は、涙で大きく盛り上がっていた。

田所は胸を衝《つ》かれた。居たたまれなくなって、牧村家の玄関を出た。

しかし、立ち去ることはできなかった。人垣の後ろで、火葬場に向かう霊柩車《れいきゅうしゃ》をひっそりと見送った。胸が痛かった。

牧村の遺骨が眠る寺をN大のボクシング関係者から探《さぐ》り出すことができたのは、ふた月も後だった。

さっそく田所は、三田《みた》にある寺を訪れた。

牧村の墓標に手を合わせて、心から詫びた。それから一年間、欠かさずに月命日に墓参をした。

そんな田所を見て、かつてのボクシング仲間たちは早く牧村のことを忘れろと口を揃《そろ》えた。できることなら、忘れたかった。しかし、忘れることなどできなかった。罪悪感は澱《おり》となって、胸底に居坐りつづけた。

それでも歳月が経つにつれ、少しずつ加害者意識は薄らいだ。とはいえ、何かの弾みで、きょうのようにあの日の試合を思い出すことがあった。

3

インターフォンが鳴った。

田所は我に返って、室内に戻った。真っ暗だった。

部屋の電灯を点《つ》け、田所は玄関口に急いだ。ドアを開ける。

頬《ほお》が緩んだ。

来訪者は加納里穂《かのうりほ》だった。田所の恋人である。

里穂は、山吹色のライディング・ジャケットを羽織《はお》っていた。下はオフホワイトの細身のパンツだ。いつも里穂は、ホンダの赤いCB二五〇を乗り回していた。

「お店に出る前に、ちょっと寄ってみたの。仕事だった？」

里穂が訊《き》いた。彼女は六本木《ろっぽんぎ》のサパークラブで、ピアノの弾き語りをしている。二十六歳だ。

「いや、ぼんやりしてたんだ。相変わらず、開店休業の状態なんだよ」

「困ったわね」

「そのうち何とかなるさ。まあ、上がれよ」

田所は言った。

里穂がオートバイブーツを脱ぎ、スリッパに足を入れる。

やにわに田所は、里穂を抱き竦《すく》めた。せっかちに唇を重ねる。何かに熱中したかった。そうすることで、苦い思い出を遠ざけたかったのかもしれない。

里穂は素直に応じてきた。田所は里穂の唇と舌を貪《むさぼ》った。

顔を離すと、里穂が小首を傾《かし》げた。

「急にどうしたの？」

「きみがセクシーだからさ。まだ、だいぶ時間あるんだろ？」

「一時間ぐらいかな」

「じゃあ、あっちに行こう」

田所は、ベッドのある部屋に視線を投げた。

「わたし、お部屋の掃除をしてあげようと思ったのに」

「掃除なんかいいよ」

「こんなに散らかってて、よく平気ね。不潔よ」

「埃《ほこり》で、死にゃしないさ」

田所は腰を屈《かが》めた。里穂を肩に担《かつ》ぎ上げる。

「本気なの？」

「ああ」

恋人を担いだまま、田所は歩きだした。

暗い寝室に入る。里穂は観念したらしい。少しも暴《あば》れなかった。セミダブルのベッドに里穂を投げ落とし、田所は窓のブラインドを降ろした。

「あなたは言い出したら、聞かないんだから。脱ぐわ」

暗がりの底で里穂が言い、上体を起こした。

それから彼女は、自分でライディング・ジャケットを脱いだ。田所は無言でナイトスタンドの鎖を引いた。

その直後だった。

サイドテーブルの上で携帯電話が着信音を奏《かな》ではじめた。

田所は手を伸ばさなかった。携帯電話は数秒で沈黙した。

少し経《た》つと、ふたたび電話が鳴りはじめた。

コールサインはなかなか熄《や》まない。やむなく田所は、携帯電話を摑み上げた。

「田所ちゃん？」

飲み友達の内山陽太郎《うちやまようたろう》の声だった。田所より五つ年上だ。

「やあ、しばらく」

「実は、おたくに頼みがあるんだ」

「どんな？」

「『エコー企画』の植草利直《うえくさとしなお》ってマネージャーに、しつこく田所ちゃんを紹介してくれって言われてるんだよ」

内山はフリーの芸能レポーターだった。『エコー企画』というのは、中堅どころの芸能プロダクションである。

「芸能プロが、まさか原稿の依頼ってことはないよね？」

「副業の方の仕事だよ。タレントのことで、ちょっと頭を痛めてるらしいんだ」

「芸能人絡《がら》みのトラブルは気が進まないな。ああいう世界には、おれ、まるっきり興味がないんですよ」

「そう言わずに、何とかこっちの顔を立ててくれないか」

「しかしなあ」

「報酬は悪くないと思うぜ。『エコー企画』は、いま、日の出の勢いで伸びてるからな。

二、三百万にはなるだろう」
「そういうおいしい話を逃す手はないか」

田所の心は動いていた。

「それじゃ、植草君に今夜中に電話させるよ。よろしくな」

「了解！」

「そのうち、ゆっくり飲もうや」

電話が切れた。

田所は終了キーを押した。と、裸の里穂が話しかけてきた。

「仕事が入ったみたいね」

「あまり食指の動く話じゃないんだよ。しかし、金にはなりそうなんだ」

「気に入らない仕事なら、断っちゃえば？　あなたが食べられなくなったら、わたしが面倒見てあげるから」

「そういうわけにはいかないよ」

「なぜ？　男の見栄《みえ》？」

「というより、てめえの口はてめえで糊《のり》するのが大人ってもんだからな」

「それは、そうだけど」

「妙な邪魔が入っちまったな。レ、レ、レスリング、グ、グは次回にするか」

「そうね。裸になったついでに、シャワーを借りるわ」

里穂は拘《こだわ》りのない声で言い、ベッドから抜け出た。

床に散った衣服やランジェリーを掻《か》き集めて、寝室を出ていく。くりくりと動く白桃のような尻《しり》がセクシーだった。田所はベッドに浅く腰かけた。

ほどなく浴室から、湯の弾ける音が聞こえてきた。シャワーの音を耳にしながら、田所は里穂と初めて会った日のことを思い出しはじめた。

## 4

一年半ほど前の深夜だった。

田所が青山《あおやま》の馴染《なじ》みのスナックでバーボン・ロックを傾けていると、彫りの深い若い女性がふらりと店に入ってきた。それが里穂だった。

彼女の頬は、ほんのり赤かった。足の運びも心許ない。どこかで、飲んできたようだった。

狭い店内を眺め回してから、里穂は出入口に近いスツールに腰を下ろした。客は、田所のほかには誰《だれ》もいなかった。

里穂はアメリカ生まれのビールを注文した。

田所は、どこか寂しげな里穂に何か惹《ひ》かれるものを感じた。

里穂はバドワイザーをひと息に飲み干した。それから、彼女はバッグの中から携帯電話を摑み出した。頰に掛かる長い髪を搔《か》き上げながら、ゆっくりと数字キーを押す。何か迷っているような風情《ふぜい》だった。

先方の受話器が外れる気配が伝わってきた。

だが、里穂は何も喋らずにすぐに電話を切ってしまった。それでいて彼女は、数分後にふたたび同じ電話番号を押した。

今度は、相手と短い会話を交わした。相手は男のようだった。

「もっと強いお酒をください。そうね、ジンをロックで」

電話を切ると、里穂は新劇俳優崩れのマスターに声をかけた。

「ジン・ロックはきついですよ」

「いいの。酔っぱらいたいんだから、早くこしらえて」

「わかりました」

マスターは注文されたものを作り、里穂の前に置いた。

里穂はジン・ロックをたてつづけに三杯呷《あお》ると、突然、カウンターに突っ伏した。

それを見て、マスターが肩を竦《すく》めた。彼は女の酔っぱらいを嫌っていた。

それから間もなく、田所は里穂が忍び泣いていることに気づいた。マスターが迷惑顔で、里穂に語りかけた。

だが、里穂は何も答えなかった。控え目に泣きつづけた。

十五分ほど経ったころだった。里穂が泣き熄《や》み、手洗いに立った。

「きっと悪い男に泣かされたんだよ」

マスターが小声で愉《たの》しげに言った。

田所は相手にならなかった。マスターには、他人の不幸を面白がる性癖があった。売れない役者時代に、気持ちが捩《ねじ》曲がってしまったのかもしれない。

十分が流れ、二十分が過ぎた。

しかし、里穂は化粧室からいっこうに出てこない。水を流す音は一度したきりだ。嗚咽《おえつ》も聞こえてこなかった。

「彼女、便座に腰かけたまま、居眠りしてるんじゃないだろうな」

マスターが眉根《まゆね》を寄せた。

田所は里穂のことが気がかりだったが、何も言わなかった。

さらに、十分が経過した。さすがに心配になって、田所はスツールから滑り降りた。化粧室の前に立ち、ドア越しに声をかける。応答はなかった。

田所はドアに耳を寄せた。すると、荒い息遣いがかすかに聞こえてきた。

中で、何かやらかしたようだ。

田所はそう直感し、マスターを呼んだ。二人がかりで、化粧室のドアをぶち壊した。

里穂は壁に背を預けて、床タイルの上に坐り込んでいた。

洗面台とは、ちょうど反対側だった。里穂の周《まわ》りには、白い錠剤が散らばっていた。睡眠薬だった。里穂は瞼を閉じて、胸を弾ませている。

「おい、何錠ぐらい服《の》んだんだっ」

田所は里穂の肩を揺すった。里穂が気だるげに瞼を薄く開けた。

「答えろ！」

「わからない、わからないわ」

「口の中に指を突っ込んで、薬を吐くんだ！」

「いや。死なせてよ！　放《ほ》っといて」

里穂は顔を左右に振りながら、縺《もつ》れる舌で言った。

田所は、里穂の口を抉《こ》じ開けようとした。だが、里穂は頑《かたくな》に口を開かない。

マスターが落ち着き払った声で低く言った。

「いい方法があるよ。食塩を混ぜた炭酸ソーダを飲ませれば、一発で吐くさ」

「食塩入りの炭酸ソーダ？」

「そう。昔、同棲《どうせい》してた女が自殺未遂の常習者でね。そいつで二度ほど吐かせたことがあるんだ。いま、作ってくる」

マスターがそう言い、カウンターに戻っていった。

田所は里穂を見た。里穂は、また瞳を閉じてしまった。

待つほどもなく、マスターが引き返してきた。白く濁った液体の入ったコップを握ってコップの底から、小さな気泡が噴き上げている。量は八分目だった。

マスターがコップを田所に渡し、里穂の背後に回った。それから彼は里穂を羽交い締めにして、乱暴に抱え起こした。

田所はマスターに促《うなが》され、里穂の頬を左手で強く挟みつけた。形の整った赤い唇が割れた。

食塩の混ざった炭酸ソーダを少しずつ流し込んでいく。

里穂が舌を丸めて、液体の侵入を阻《はば》もうとする。そのつど、白濁した液が唇から押し出された。

田所は根気よく作業をつづけた。何とか三分の二ほど飲ませることができた。

三十秒ほど過ぎると、里穂が洗面台に寄った。

ほとんど同時に、喉《のど》を鳴らした。里穂は背中をうねらせながら、胃の中のものを吐きつづけた。

不思議なことに、田所は少しも不快感を覚えなかった。いつの間にか、マスターは化粧室から消えていた。

吐き出された錠剤は、どれも原型を留《とど》めていた。

田所は、里穂を店のフロアに連れ戻した。里穂は数メートル歩いたきりで、絨毯《じゅうたん》の上に泣き崩れた。

ニットドレスの裾《すそ》が乱れ、白い肉感的な太腿が覗いていた。里穂は無防備な姿勢で、泣きに泣いた。声をかけることさえ、何かためらわれた。

やがて、閉店時間になった。

マスターは早く自宅に帰りたがっていた。やむなく田所は里穂を伴って、店を出た。里穂を家まで送っていくつもりだった。彼女はそれを拒んで、ふらふらとひとりで歩きはじめた。

見るからに危なげだった。

田所は里穂を置きざりにして、帰宅する気持ちにはなれなかった。里穂を強引にタクシーに押し込み、三宿のマンションに連れ帰った。

ベッドは一つしかない。

田所は里穂にベッドを提供し、自分は長椅子に身を横たえた。里穂は、すぐに眠ってしまった。田所は、ほっとした。

里穂を一晩中、監視しつづけるつもりだった。しかし、明け方近くになって、不覚にも田所は眠ってしまった。めざめたときには、里穂の姿はなかった。

走り書きめいたものは、何も残されていなかった。何か田所は裏切られたような心持ちになった。自分の甘さに腹が立った。

それから十日目の晩だった。

里穂が件《くだん》のスナックに顔を見せた。

長かった髪は、ショートヘアに変わっていた。里穂はまっすぐ歩み寄ってくると、黙って田所のかたわらに坐った。

「どうして死なせてくれなかったのっ」

「ご挨拶《あいさつ》だな。てっきり礼を言いに来たのかと思ったがな」

「誰がお礼なんか言うもんですか。あなたたちは善人ぶって、余計なことをしたのよ！」

里穂は田所とマスターを等分に見て、怒った口調で言った。

マスターがおどけて、怯《おび》えてみせた。田所の胸で、何かが爆《は》ぜる予感があった。

「なんで邪魔なんかしたのよっ」

里穂が高く叫んで、田所の腕を揺さぶった。

田所は里穂の手を払いのけ、硬い声で言い返した。無性《むしょう》に腹立たしかった。

「死にたきゃ、勝手に死ねよ」

「ええ、死んでやるわ！」

「マスター、この女に庖丁《ほうちょう》を貸してやんなよ」

田所は言った。本気だった。マスターが無言で里穂の前のカウンターに庖丁を突き立てた。

里穂は手を出さない。

「どうした？」

田所は声を投げた。里穂は口を開かなかった。

「やっぱり、死ぬのは怖いか？」

「怖いわ。ごめんなさい」

里穂は急にしおらしくなった。

田所は小さく笑った。感情は和《なご》んでいた。田所は庖丁をマスターに返し、里穂のためにバドワイザーを注文した。マスターが西洋人のように大きく肩を竦《すく》めた。

里穂がビールを半分ほど飲んだころ、田所は優しく問いかけた。

「なんで死ぬ気になんかなったんだい？」

「愚かな自分が許せなかったの」

「恋愛の縺《もつ》れみたいだな」

「そう、よくある話よ。つき合ってた男は、音大時代の恩師だったの」

「しかし、男には妻子がいた。若い女に熱をあげたのは一時の迷いだった――」

「その通りよ。絵に描《か》いたような通俗的な話よね」

「そうだな」

二人は顔を見合わせて、苦く笑った。

田所と里穂は急速に打ち解《と》けた。

あくる晩から、里穂は足繁くスナックにやってきた。彼女は当然のように、田所の隣に腰をかけた。

田所も里穂が来るのを待つようになっていた。

里穂を自宅マンションに誘ったのは、夜霧の濃い晩だった。

なんとなく田所は彼女と別れがたい気持ちになったのだ。里穂はあっさり部屋まで従《つ》いてきた。知り合ってから、およそ三カ月が過ぎていた。

ふと会話が途切れたとき、二人の視線が熱く交わった。

田所は里穂を抱き寄せ、その唇を封じた。

里穂は拒まなかった。控え目に応じてきた。もう言葉はいらなかった。二人はごく自然にベッドに移って、胸を重ねた。獣のように求め合った。

里穂は、すでに女になりきっていた。

それでいながら、通りすぎた男たちの影はみじんも留《とど》めていなかった。反応のひとつひとつが新鮮だった。

田所は一段と里穂にいとおしさを感じた。里穂の方も、彼の何かに魅せられたようだった。

そんな経緯《いきさつ》があって、二人は恋仲になったのである。しかし、田所は胸の想《おも》いを決して口にしなかった。愛情は行動で表現するものだと考えていた。里穂にもシャイなところがあった。


浴室のドアが軋《きし》んだ。

田所は回想を断ち切って、立ち上がった。

そのとき、携帯電話が鳴った。田所は携帯電話を耳に当てた。

「わたし、『エコー企画』の植草と申します」

相手が名乗った。

「田所です。さきほど内山氏から話は聞きました」

「そうですか。わたしも、いま内山先生からお電話をいただいたところです。それで、さっそくお電話をさせていただいた次第です」

「で、ご依頼の内容は？」

「電話では、ちょっと申し上げにくい内容なんですよ。明日の夕方、お時間をいただけないでしょうか？」

「いいですよ」

「それではご足労ですが、銀座《ぎんざ》七丁目にある『しのぶ』という割烹《かっぽう》に夕方六時にお越しいただけますか。社長の矢崎《やざき》とわたしがお待ちしておりますので……」

「わかりました。必ず伺《うかが》います」

田所は店のある場所を詳しく聞き、先に電話を切った。

そのすぐ後《あと》、里穂が寝室に入ってきた。すでに身繕《づくろ》いを済ませ、薄く化粧を施《ほどこ》していた。美しかった。

「そろそろ店に行く時間かな？」

「ええ。たまには、お店を覗《のぞ》いて」

「懐が温かくなったらな」

「うふふ。それじゃ、当分、お店では会えないわね。じゃあ、また！」

里穂は右手をこころもち挙げ、玄関に向かった。

田所は見送らなかった。

# 第二章　汚れた過去

## 1

黒御影石《くろみかげいし》の墓標が赤く染まっている。

夕陽《ゆうひ》のせいだ。田所は携《たずさ》えてきた花を手向《たむ》け、両手を合わせた。牧村家の墓である。

この寺を訪れたのは八年ぶりだった。

フリーライターになってからは、まだ一度も牧村修一の墓参りをしていなかった。忙しさに取り紛《まぎ》れていたからだ。銀座に出向く前にここに立ち寄る気になったのは、昨日、牧村のことを思い出したからだろう。

——生きてれば、きみもおれと同じ年齢《とし》になってるんだな。さぞかし無念だろう。たった二十一年間しか、この世にいられなかったんだからな。赦《ゆる》してくれ。

田所は合掌しながら、胸奥《きょうおう》で詫《わ》びた。

目を開けたときだった。横合いから、声をかけられた。

「失礼ですが、牧村さんのお身内の方でしょうか?」

「いいえ」

田所は振り向いた。三十代後半の僧が、すぐそばにたたずんでいた。浅葱色《あさぎいろ》の袈裟《けさ》をまとっている。

田所は目礼した。

「申し遅れましたが、わたくし、この寺の住職です」

「先代のご住職は、どうされたんです？」

「父は三年前に他界しました。それで、わたくしが父の跡を継がせていただいたわけです。それまでは、私立の女子高で国語を教えておりました」

「そうですか。先代のご住職は存じ上げてたんですが、亡くなられたことは知りませんでした。後《おく》れ馳《ば》せながら、お悔やみ申し上げます」

「どうもご丁寧に」

住職は折り目正しく腰を折った。それから彼は、遠慮がちに訊《き》いた。

「牧村家のどなたとお知り合いなんでしょう？」

「十三年前に亡くなった牧村修一君の知り合いです」

「そうでしたか。故人は学生時代にボクシングの試合で脳挫傷《のうざしょう》を負って、亡くなられたとか聞いていますが……」

「ええ」

田所は胸が疼《うず》いた。鋭利な刃物で、心臓の被膜を削《そ》がれたような気分だった。

「牧村さんのお宅も、ご不幸つづきでしたね」

「不幸といいますと？」

「修一さんが急死されてから二年ほどして、お母さんが病死されたんですよ。胃癌だったそうです。息子さんのことで気落ちしてたようですから、それで死期を早めたのかもしれませんね。それから間もなく、今度はお父さんが経営されてた事務機器の販売会社が潰《つぶ》れてしまったんです」

住職が言った。

「そんなことがあったんですか。まるで知りませんでした。牧村君のご家族とは、つき合いがなかったものですから」

「そうでしたか。でも、悪いことばかりはつづきませんよね。修一さんの妹さんが、ああいう形で世にお出になったんですから」

「どういうことでしょう？」

「いま人気絶頂の浅倉佳奈《あさくらかな》というアイドル歌手がいますでしょ？　彼女が修一さんの妹の奈緒美《なおみ》さんですよ」

「ほんとですか⁉」

田所は、めまいに似たものに襲われていた。十三年前に自分を人殺しと罵《ののし》った少女が浅倉佳奈だったのか。にわかには、信じられなかった。しかし、言われてみれば、浅倉佳奈の顔にはあの当時の面影があるような気がする。

「浅倉佳奈、知ってますでしょ？」

「ええ、まあ。テレビの歌番組で、一、二度、観《み》たことがあります」

田所は芸能界には疎《うと》かったが、佳奈のことは知っていた。

佳奈は十九歳のアイドル歌手だった。

デビューして、まだ日は浅かった。確か一年半ほどしか経《た》っていないはずだが、その人気は凄《すさ》まじい。ＣＤも売れているようだ。矢継ぎ早に発売された五枚のシングルＣＤのうち、三枚はミリオンセラーになっていた。いずれも、ヒップホップ系の曲だった。

佳奈は歌うだけではなく、テレビドラマやＣＦにも出演していた。近々、主演映画がクランクインするはずだ。

「奈緒美さんがデビューするまでは、お父さんは酒浸りの毎日だったようですよ」

住職が言った。

「そうだったんですか」

「しかし、いまはすっかり気を取り直して、友人の商事会社で懸命に働いているというお話です。娘さんが華々《はなばな》しく活躍しはじめたので、また、やる気になったのでしょう」

「そうなのかもしれませんね」

「こんな所で立ち話もなんですから、本堂にいらっしゃいませんか？」

「せっかくですが、これから人と会う約束があるんですよ。ここで失礼します」

田所は住職に言って、牧村家の墓から離れた。墓地から本堂の前を抜け、寺を出た。

――あの浅倉佳奈が牧村君の妹だったとはな。

田所は歩きながら、胸の中で呻《うめ》いた。

路上に駐《と》めてある自分の車に乗り込む。濃紺のＢＭＷだ。３シリーズだった。

半年ほど前に、知り合いのカメラマンから安く譲ってもらった中古車である。エンジンは快調だった。

田所はＢＭＷを発進させた。

寺と高層マンションが同居する町を走り抜け、第一京浜国道に出た。

北へ向かう。国道はやや渋滞していたが、銀座七丁目までは二十分弱しかかからなかった。

いつしか陽は落ちていた。

松坂屋《まつざかや》の裏手にある有料駐車場に車を預け、田所は目的の店をめざした。

『しのぶ』は、造作なくわかった。小粋《こいき》な店だった。

田所は腕時計に目をやった。六時五分前だった。店に入る。客の姿は疎《まば》らだった。

「『エコー企画』の人とここで会う約束になってるんですが……」

田所は、中年の仲居に言った。

「失礼ですが、田所さまでしょうか？」

「ええ」

「奥で、矢崎社長と植草さんがお待ちです」

「そう」

「ご案内いたします。どうぞ、こちらに」

和服姿の仲居が歩き出した。田所は女に従った。奥座敷の前で仲居が立ち止まり、襖《ふすま》越しに声をかけた。

「お連れさまがお見えになりました」

「はい」

襖の向こうで返事があり、二十八、九歳の男が姿を見せた。

田所は名乗った。男が愛想よく名刺を差し出した。植草利直だった。田所も自分の名刺を相手に手渡した。

植草は、セルッティのスーツを着ていた。色はライトグレイだ。微妙な色合の黒っぽいネクタイを結んでいる。小ざっぱりとした印象だった。マスクも悪くない。

やや長めの髪には、きれいに櫛目《くしめ》が通っている。ヘアリキッドの香りが幾分きつかった。

——なかなかダンディーだな。おれとは、だいぶ違う。

田所は密《ひそ》かに呟いた。彼は洗いざらしのチャコールグレイのスタンドカラーのシャツの上に、麻の白いジャケットを無造作に羽織っていた。下は、キャメルのチノパンツだった。

「さ、どうぞ。いま、社長を紹介しますので」

「失礼します」

田所は、植草の後から座敷に上がった。八畳ほどの広さだった。床の間が付いている。

五十年配の男が腰を浮かせた。

男は、どことなく脂《あぶら》ぎっていた。田所は会釈《えしやく》して、名刺を交換した。相手は『エコー企画』の矢崎信浩《のぶひろ》社長だった。

「わざわざお呼び立てして、申し訳ありません」

「いいえ、仕事ですので」

「めったな場所では、ご相談できない話なもんですから。ま、お坐りください」

「では、遠慮なく」

田所は座卓を挟んで、矢崎社長と向かい合った。少し間を置いて、植草が矢崎の横に坐った。

「実はですね、タレントのことで頭を抱えてるんですよ」

矢崎社長が低く切り出した。

「それは、内山氏から聞いてます。具体的な話をお聞かせください」

「わたしが申し上げましょう」

植草が社長に断り、田所に顔を向けてきた。

「田所さん、うちの浅倉佳奈をご存じですね？」

「ええ、お名前は」

「わたし、佳奈のマネージャーをやってるんですよ」

「そうですか」

「佳奈は純情路線で売ってますが、高校時代はかなりの非行少女娘《ヤンキー》でしてねえ」

「そういうケースは、よくあるんじゃないですか？」

田所は煙草《たばこ》に火を点《つ》けた。気持ちを落ち着かせるためだった。

「実は、佳奈にちょっとしたスキャンダルがあるんです」

「どんなスキャンダルなんです？」

「佳奈は高二で私立の女子高を中退してるんですが、その後、半年ほど男と同棲《どうせい》してんですよ」

「そうですか」

「その間に一度、中絶してましてねえ。相手の男が、それをネタに脅迫してきたんです」

植草が苦い顔つきになった。矢崎の表情も暗かった。

「相手は、どんな奴《やつ》なんです？」

田所は小声で問いかけた。

すでに欲得抜きで、この依頼を引き受ける気持ちになっていた。牧村修一の家族に何か償《つぐな》いをしたかったからだ。

「『風神《ふうじん》会連合』という暴走族チームの目黒支部長で、平松貴光《ひらまつたかみつ》という男です」

「年齢は？」

「二十一歳だそうです。佳奈と同棲してたころは塗料店で働いてたらしいんですが、いまはブラブラしてるようです」

「佳奈さんはどんな経緯《いきさつ》があって、その男と同棲生活を解消したんです？」

「そのことを佳奈に訊《き》いてみたんですが、『飽きちゃったから、別れたの』と言うだけで、どうも要領を得ないんです」

「若い娘《こ》らしいな。それで、平松という男の要求は？」

「五百万円と佳奈の肉体です」

「平松は、佳奈さんとよりを戻したいと考えてるわけですか？」

「いいえ、そうではありません。もう一度だけ、佳奈を抱きたいというんですよ」

「そういう話は、突っ撥《ば》ねたほうがいいな。人間の欲は底なしですからね。要求に応じたら、おそらく平松は味をしめて、さらに弱みにつけ込んでくるでしょう」

「それは、わたしにも予測がつきます。しかし、平松を無視するわけにもいかないんですよ。スキャンダルが表沙汰《おもてざた》になったら、佳奈はもうおしまいですからね」

「………」

「そこで、田所さんのお知恵を拝借したいんです。平松の要求を今回限りに留《とど》める方法はないもんでしょうか？」

「難しいご注文ですね」

「何とか助けてください。あの娘《こ》は、佳奈は汚れた過去を暴《あば》かれるのを極端に恐れています」

「それは、そうでしょうね。彼女は前例のないシンデレラガールのようだから」

「ええ。佳奈もそれを自覚してますから、セックスで平松の口を封じられるなら、要求に応じてもいいとすら言ってるんです」

「それは危険だな」

「わたしも、そう思います。もしそんなことをしたら、いつか必ず芸能レポーターたちに嗅《か》ぎつけられてしまいます」

「こういう手はどうでしょう？」

田所は煙草の火を消して、言い重ねた。

「佳奈さんのスケジュールの都合でなかなか時間がつくれないと平松を言いくるめて、別の女性を宛《あて》がうんですよ」

「それで、どうするんです？」

「その女性にベッドで徹底的に拒んでもらって、そのレイプシーンをビデオカメラで撮《と》るんです」

「平松を嵌《は》めるんですか⁉」

正面の矢崎信浩が、驚きの声をあげた。

「目には目をですよ」

「しかし……」

「平松をレイプ犯に仕立てれば、下手な真似《まね》はしないでしょう。多分、五百万で手を引くんじゃないかな」

「五百万で片がつくなら、喜んで金はくれてやります」

「問題は、こちらの狙《ねら》い通りに演技をしてくれる女性がいるかどうかですね」

「それは当てがなくもありません。しかし、平松が話に乗ってくるでしょうか?」

「それは、あなたの腕次第ですね。数日中には佳奈さんとベッドインさせるからとか何とか言って、その気にさせるんですよ」

「やってみましょう」

「よろしく!」

「もう一つ、気がかりなことがあるんです」

「なんでしょう?」

「平松が逆上して、相手に大怪我《おおけが》を負わせたりしないでしょうか?」

「そのへんは、当の女性にうまくやってもらうほかないですね。こちらとしては、平松が強姦してる証拠画像があればいいわけですから」

田所は言った。

「はあ」

「ご心配でしたら、わたしが近くに隠れていて、監視役を務めてもいいですよ。もし平松が女性に危害を加えそうになったら、すぐ飛び出します」

「そうしていただけると、ありがたいな」

「それも引き受けましょう。それはそうと、どこかいい場所はありませんかね?」

「あります、あります。広尾《ひろお》に、うってつけのマンションがありますよ」

矢崎が膝《ひざ》を叩《たた》いた。

「マンションですか」

「ええ。旅行代理店をやってる知人のプライベートルームなんですが、ちょうどいい仕掛けがあるんです」

「仕掛け？」

「はい。マジックミラー越しに、寝室が覗《のぞ》けるようになってるんですよ」

「仕切り壁に、マジックミラーが嵌《は》め込まれてるわけですね？」

「そうです、そうです」

「ラブホテルでもないのに、なんのためにそんな仕掛けを作ったんだろう？」

「知人は、そこで会員制の秘密クラブをやってるんですよ。そのマンションで、客たちにライブショーを観《み》せてるわけです」

「話にはそういう秘密クラブがあると聞いてたが、本当にあるんだな」

「ええ。何を隠そう、このわたしもその秘密クラブのメンバーなんですよ。先週の金曜日の晩、ジャーマン・シェパードと金髪女の獣姦《じゅうかん》ショーを愉《たの》しんできました」

「その部屋に、ビデオカメラを取りつけることはできますか？」

田所は訊いた。

「もう設置されてます」

「そいつは好都合だ。それじゃ、そのマンションで平松を強姦魔に仕立てましょう」

「わたしは、さっそく部屋の確保と女優の手配をします」

「お願いします」

「はい。あのう、それから平松との折衝《せっしょう》もお引き受けいただけますか？　できれば、われわれは表面に出たくないんでね」

「いいですよ。それもやりましょう」

「いやあ、助かります。なんだか気持ちが急に明るくなりました。ところで、謝礼のことですが……」

　矢崎が探るような眼差《まなざ》しを向けてきた。

「この種のトラブルを手がけるのは初めてですので、額はそちらで決めてください」

「それでよろしいんですか。それでは着手金として百万円、成功報酬は三百万ということでいかがでしょう？」

「結構です」

　田所は大きくうなずいた。

　すると、矢崎が上着の内ポケットから小切手帳を取り出した。その場で彼は日付と金額を書き入れ、小切手を差し出した。

「着手金です。領収証は、後日で結構です」

「そうですか。では……」

田所は小切手を受け取り、上着の右ポケットに無造作に突っ込んだ。

できれば、報酬は受け取りたくなかった。しかし、それを口にしたら、矢崎と植草が怪しむにちがいない。そう判断して、小切手を収めたのだ。

矢崎が手を打って、店の者を呼んだ。

遠くで、返事があった。

ややあって、三十二、三歳の色気のある女が顔を出した。どうやら店の女将《おかみ》らしい。

「話は終わったよ。酒と料理を頼む」

矢崎が言った。

「はい。お飲みものは何になさいます？」

「ビールがいいな。料理は女将に任《まか》せるよ」

「かしこまりました」

女将が下がった。

世間話をしていると、ビールと旬《しゅん》の材料を活《い》かした山海《さんかい》の料理が運ばれてきた。味つけは絶妙だった。あっさりとした薄味ながら、コクがあった。

料理を食べ終えると、矢崎社長は佳奈のマネージャーを残して席を立った。何か予定があるらしかった。

「内山先生とは、かなりお親しいんですか?」

植草がビールを注ぎながら、問いかけてきた。

「親しいことは親しいですね。同じライター稼業だし、ひところはどちらも新宿《しんじゅく》ゴールデン街で飲んだくれてましたから。そんな関係で、いまだに何となくつき合いがつづいてるわけですよ」

「そうですか。最近は内山先生、もっぱら赤坂《あかさか》や銀座のクラブで飲んでるようですよ」

「彼は売れっ子になったからな。こっちは、相変わらずパッとしませんがね」

「とんでもない。一流誌に署名原稿を次々に発表されてるんですから、田所さんもたいしたもんですよ。それに、トラブル・シューターとしても凄腕《すごうで》と聞いてます」

「からかわないでほしいな」

田所は面映《おもは》ゆかった。

「真面目《まじめ》な話ですよ。ところで、もう少しお時間をいただけますか?」

「かまいませんよ。今夜、別に予定はありませんから」

「それでは、河岸《かし》を変えましょう。五丁目に、接待でよく使ってる会員制の高級クラブがあるんですよ。割に、いい女を揃《そろ》えてるんです」

「そういう店はどうも苦手だな。ホステスのいる酒場は好きじゃないんですよ」

「こっちの方は、お嫌いですか?」

小指を突き立てて、植草がにやついた。

「女は好きですよ。しかし、ホステスに気を遣《つか》うのが面倒でね」

「そういうもんですかねえ。わたしなどは、酒場の女なんか使用人みたいなものと考えてますがね。高い金を払って、女どもに気を遣うんじゃ、間尺《ましやく》に合いませんでしょ？」

「その通りなんだが、ついつい性分《しようぶん》でサービスしちゃうんです」

「それでは、女のいない店で飲みましょうか」

「そうしましょう」

田所は同意した。

ほどなく二人は『しのぶ』を出た。

2

案内されたのは、並木通りに面したカウンターバーだった。

客の姿はなかった。まだ時刻が早いせいだろう。

マスターらしき銀髪の男が、乾いた布でブランデーグラスを磨いていた。男には、どこか翳《かげ》りがあった。何か背負いきれないものを背負っているような気配を漂わせていた。

いい店だ。いつか独りで飲みに来よう。

田所は植草と並んで腰かけた。カウンターのほぼ真ん中だった。

植草がバーボンの水割りをオーダーする。指定した銘柄はブッカーズだった。

――この男は、なぜおれを酒場に誘ったんだろうか。

田所は独りごちた。そのとき、隣の植草が気障《きざ》な仕種《しぐさ》でデュポンを鳴らした。煙草は、ダンヒルのメントールだった。

バーボンの水割りがきた。

二人は飲みはじめた。

「いい服を着てますね。それに、持ち物もよさそうだ」

「はったりなんですよ、みんな。この業界はある程度、背伸びをしないと、相手になめられちゃいますからね。それで無理をして、ゆとりのある振りをしてるわけです」

「大変な仕事だな」

「ええ、まあ。でも、少しも苦になりませんね。わたしは、こういう仕事が好きなんです」

「ところで、妙なことを訊くが、浅倉佳奈の本名はなんて言うのかな?」

「牧村、牧村奈緒美です。どうしてまた、佳奈の本名なんか知りたがるんです?」

「参考までに訊いただけですよ」

「そうですか」

「失礼だが、植草さんはこの世界に入る前は何をやってたんです？」

田所は意図的《いとてき》に話題を変えた。

「最初は、日本橋《にほんばし》にある商事会社に就職したんです。でも、そこは一年ちょっとでやめちゃって、後は職業を転々と変えてきました。長距離トラックの運転手、不動産会社の営業マン、クラブのボーイ、自然食品のセールス。ほんとに、いろんなことをやってきました」

「どうして、そんなに転職を繰り返したのかな？」

「どの仕事についても、すぐになんか不安になっちゃうんですよ。こんなことをしてたら、おれはいつまでもビッグになれない。そういう焦《あせ》りが絶えずあったんです」

「ビッグになりたいと思うのは、なぜなんだろう？」

「わたしの父親はしがないハンコ屋でしてね、それこそ朝から晩まで真面目に働いてました。それでも生活は苦しくて、ずいぶん惨《みじ》めな思いをしてきました。子供は四人いるんですけど、大学に進んだのはわたしだけなんですよ。後の三人は高校か専門学校を出て、社会人になったんです。だから、わたしは親兄弟のためにもビッグになりたいんです」

植草は酔いが回ったのか、口が軽くなっていた。

田所は、なんとなく植草の気持ちがわかるような気がした。自分には上昇志向はほとんどなかったが、植草が野望を抱くのは当然かもしれないと思った。

「つまらないですよね、こんな話は」

「そんなことありませんよ。『エコー企画』には、いつ入ったのかな?」

「二年数カ月前です。それまでは『ペガサス音楽事務所』にいたんです」

「『ペガサス音楽事務所』?」

「ええ。やっぱり、芸能プロですよ。でも、いまはもうありません」

「潰れたの?」

「ええ、二年半ほど前に。それで、わたしは『エコー企画』に移ったわけです」

「そうだったのか。芸能人の浮き沈みが激しいことは知ってるが、芸能プロダクションの盛衰も激しいみたいだな」

「実際、激しいですね。四、五年前まで老舗《しにせ》然と構えてた『レインボーミュージック』なんか、いまや地方のキャバレーにタレントを送り込んで、細々とやってる状態です。逆に新興のプロダクションがビッグスターを育てて、自社ビルを建てたなんて話もあります」

「まるで戦国時代だな」

「ええ、そうですね。だから、この業界は面白いんですよ。明日はどうなるかわからないという状況は、男の情熱を掻《か》き立ててくれますからね」

　植草の目は、生き生きと輝いていた。

「なるほど」

「ここだけの話ですが、わたしだって、一介のマネージャーで終わるつもりはありません」

「それじゃ、いずれは自分の芸能プロを？」

「ええ、そのつもりです。もっとも、ずっと先の話ですけどね。ですが、夢は捨てません。いまに、芸能界を牛耳る男になってみせます」

「頑張ってほしいな」

「必ずのし上がりますよ」

「あなたが成功したら、秘書として使ってもらおうかな」

　田所は冗談のつもりだったが、植草は真《ま》に受けたようだ。

「よろしかったら、高給で雇わさせていただきますよ。わたしは矢崎社長と違って、小金をせっせと溜《た》め込むような人間じゃありませんから」

「矢崎さんは、お金にシビアなの？」

「シビアもいいとこです。はっきり言って、ケチですね」

「よく平松って奴に五百万も出す気になったな」

「ええ、わたしもちょっと驚いてるんですよ。なにしろ、社員にはメモ用紙の裏まで使えなんて口うるさく言ってる人ですから」

「そんなふうじゃ、社員やタレントの給料もあまりよくないんだろうな？」

「どちらも話にならないほど安いですね。お恥ずかしい話ですが、わたしも女房にパーティー・コンパニオンをやらせてるんです。そうじゃなければ、とても人並みには暮らせません」

「そう」

「わたしたちも安月給でこき使われてますが、いちばんかわいそうなのは佳奈ですよ。あの娘《こ》はほんの少し前まで、小遣い程度の報酬しか貰《もら》ってなかったんです」

「あんなに活躍してるのに⁉」

「ええ。わたしが掛け合って、いまは月給百万円になりましたが、まだまだ安いですよ。佳奈の稼ぎからしたら、月に三百万円は出さなければね。うちの社長は、甘い汁をひとり占めしてるんですよ。さっきの『しのぶ』という店の経営権は社長が握ってるんです。女将は、社長の愛人ですよ。ほかにも銀座のクラブの女を世話してるって噂《うわさ》です」

「なかなかお盛んだな」

「わたしは、女遊びが悪いとは言いません。ある意味では、男の甲斐性《かいしょう》ですからね。

しかし、私服を肥やそうとばかりしてる矢崎社長のやり方が気に喰わないんですっ」

植草が吐き捨てるように言った。田所は無言でバーボンを呷《あお》った。

二人は水割りのお代わりをした。

「浅倉佳奈を発掘したのは、矢崎さんなのかな？」

田所は訊いた。

「いいえ、わたしです。わたしが西麻布《にしあざぶ》のＤＪのいるクラブで踊ってた佳奈を見て、そのタレント性に目をつけたんですよ。声はそれほどよくありませんでしたけど、これはイケると直感したんです」

「そうだったのか」

「それだけじゃありません。わたしは身銭を切って、佳奈を育て上げたんです。社長なんか、あの娘にたいしたことはやってません。社長は佳奈を売り出すのに社運を賭《か》けたなんて外部で言ってるようですけど、嘘《うそ》っぱちですよ」

「そうなのか」

「矢崎社長は、佳奈の目と鼻の整形手術の費用を出しただけです」

「整形手術をしてるのか、浅倉佳奈は」

「ええ。ほんの少しいじっただけですけどね」

「そう」

「矢崎社長は、佳奈から搾《しぼ》れるだけ搾る気でいるにちがいありません。だけど、あんなに露骨じゃ、いまにタレントも社員も反旗を翻《ひるがえ》しますよ」

植草が一気にグラスを空けた。

どうやら矢崎社長を快く思っていないらしい。矢崎は相当な遣《や》り手なのだろう。もっとも植草も、かなりの野心家のようだ。

## 3

白いベンツが停《と》まった。

運転席の矢崎が、フロントガラス越しに洒落《しゃれ》たマンションを見上げた。

助手席に坐った田所も、窓の外に視線を放った。目の前に、重厚な感じの建物がそびえている。広尾のマンションだ。

矢崎に仕事を依頼された日から、ちょうど一週間が経っていた。

もう六月だった。夜の九時近い時刻である。

「この十階なんですよ」

芸能プロダクションの社長はそう言うと、車を地下駐車場に滑り込ませた。

ベンツを降りた二人は、エレベーターで十階まで上がった。めざす部屋は、いちばん端にあった。

矢崎が玄関ドアのロックを解く。

田所は矢崎の後から、室内に入った。間取りは、いわゆる２ＬＤＫだった。

居間に接して、二室が並んでいる。田所は、まず手前の部屋に導かれた。

寝室だった。右側の壁際に、ダブルベッドが見える。壁面には、長方形の鏡が埋め込まれている。畳二枚ほどの大きさだった。

田所は、室内を素早く眺め回した。ビデオカメラらしきものはどこにも見当たらない。

「矢崎さん、ビデオカメラはどこに設置されてるんです？」

「この中です」

矢崎がにやりと笑い、クローゼットの上段の扉を開けた。そこには、まさしくビデオカメラがしつらえてあった。

「隣室にあるコントロールボタンを押せば、カメラが自動的に作動する仕組みになってるんです。もちろん、録音もできます」

「カメラの回る音は？」

田所は問いかけた。

「音は、ほとんどしません。ですから、平松に気づかれる心配はまずないでしょう」

「そうですか」

「隣の部屋にご案内します」

矢崎が寝室の扉を閉めて、大股で歩きだした。田所は後に従った。

隣室は、寝室よりもやや広かった。十五畳ほどのスペースだ。

矢崎が仕切り壁の前に立ち、タペストリーを剝《は》ぎ取った。

マジックミラーが現われた。寝室が透けて見える。

室内には四組のソファがあった。中ほどにワゴンがあり、各種の酒瓶が載っている。

窓側には、大型テレビがあった。

それに目を当てながら、田所は言った。

「あれで、DVDなんかを観るんですね？」

「ええ、そうです。ラックの中に面白いDVDがありますから、一杯飲《や》りながら、自由にご覧になってください」

「どうも……」

「女優は、九時半に平松をここに連れ込む手筈《てはず》になってます。あなたのことは、その娘《こ》に話してありますから」

「どんな素姓の女なんです？」

「なあに、寝技専門の売れないモデルですよ。英理香《えりか》という娘です」

「口は堅い娘でしょうね？」

「その点は安心できます。破格のギャラをやることになってますから、今夜のことを誰かに喋《しゃべ》ることはないでしょう」

「そうですか」

「田所さん、何を召し上がります？　飲みものをお作りしますよ」

「その前に、ビデオカメラの遠隔操作器《リモート・コントローラー》のありかを教えておいてください」

「あ、そうですね」

矢崎が部屋の隅まで歩いた。毛脚の長い敷物の下から、彼は薄べったい遠隔操作器を摑《つか》み出した。

田所は操作の仕方を教わった。いたって簡単だった。

「どうぞお坐りください」

矢崎に勧められ、田所はロココ調の長椅子《ながいす》に腰を据えた。矢崎が大型テレビに歩み寄り、レコーダーにＤＶＤを入れた。

画面に、金髪の女が映った。

全裸だった。女はベッドに仰向《あおむ》けになり、弾けた柘榴《ざくろ》を連想させる陰裂に指を這《は》わせていた。田所は画面に釘づけになった。

「アメリカ製の裏ＤＶＤです。こいつは、確か３Ｐだったんじゃないかな」

矢崎がそう言って、ワゴンに近づいた。何か飲みものを作ってくれる気らしい。

田所は脚《あし》を組んだ。

矢崎がコニャックを運んできた。レミーマルタンだった。

「わたしはこれで会社に引き揚げますが、何かお要《い》りようなものは？」

「別にありません」

「それじゃ、あなたにキーをお渡ししておきましょう。後で部屋の明かりを消して、ドアの内錠を掛けといてくださいね」

「わかりました」

田所は鍵《かぎ》を受け取り、早口で確かめた。

「英理香という娘には、当然、キーは？」

「ええ、スペアキーを渡してあります。彼女には仕事が終わったら、すぐに平松を部屋から追い出すように言ってありますので」

「そうですか」

「あ、そうそう。終わったら、英理香にこれを渡してください。きょうのギャラです」

矢崎は上着の内ポケットから、茶封筒を抓《つま》み出した。田所は、それを預かった。

「それじゃ、よろしくお願いします」

矢崎は深々と頭を垂れると、急ぎ足で部屋から出ていった。

田所はふたたび画面に目をやった。

オナニーに耽《ふけ》っていた白人女は、いつしか二人の男と戯《たわむ》れていた。男は白人と黒人だった。

女はベッドの脇《わき》に立っていた。

背後の黒い男が紡錘型《ぼうすいがた》の乳房を揉《も》んでいる。赤毛の白人男はブロンド女の前にひざまずいて、むっちりとした内腿《うちもも》に舌を這わせていた。

田所は時計を見た。九時七分過ぎだった。

もう少し愉《たの》しませてもらうことにした。

田所は画像の動きを目で追った。

金髪の女が首を捩《ねじ》って、黒人青年と舌を浅く絡めた。どちらも舌を長く伸ばしていた。すぐに女は、青年の昂《たか》ぶったペニスをまさぐりだした。

赤毛の白人男は、女の蜂蜜色の繁《しげ》みに顔を寄せていた。女の飾り毛は濃かった。しかし、猛々《たけだけ》しい感じはしない。色が淡いせいだろうか。男が女の豊かな尻《しり》を揉《も》み立てながら、舌の先で大粒の突起を転がしはじめた。

田所は下腹部が熱くなった。

何分か経《た》つと、男たちは入れ替わった。

女のはざまは濡《ぬ》れ濡れと光っていた。

黒人が花園に顔を埋める。青年の舌技は荒々しかった。あたかも白人女に恨みでもあるかのように、秘めやかな肉を乱暴に舐《な》め上げる。

そのたびに、花弁が大きく捲《めく》れ上がった。

桃色のくぼみには、透明な愛液が溜まっていた。谷間を縁《ふち》取る恥毛はひれ伏している。

髪の赤い男は中腰になって、女の乳首を吸っていた。金髪女は切なげに身をくねらせている。黒い肌の男が、おそろしく長い舌をクレバスの奥に忍び込ませた。

女が白い喉《のど》をのけ反らせた。男たちの頭は休むことなく動きつづけている。

長い前戯が終わると、三人は巨大なベッドに這い上がった。

赤毛の男が仰臥《ぎょうが》する。

炎の色をした繁みの中から、昂《たか》まりが飛び出ていた。それは長くて、太かった。

ブロンド女が赤毛男の股《また》の間にうずくまった。その真後ろに、暗褐色の男が迫った。

女が赤毛男の怒張したものを口に含んだ。

ヒップを突き出す姿勢だった。

黒人青年が女の尻の肉を割って、逞《たく》ましい性器を沈めた。深く浅くスラストしはじめる。女の腰がうねりだした。

赤毛の男が、いとおしそうにブロンドヘアを両手で梳《す》く。彼は腰を上下に動かしていた。腰が沈むたびに、女の口からペニスが覗いた。淫《みだ》らな眺めだった。

五分が過ぎた。

ふたたび男たちがポジションを替えた。

黒人青年の昂まりは硬度を保っていた。赤毛男のそれは、湯気を立ち昇らせていた。

女が黒いペニスを口中に収めた。上気した頰《ほお》の肉が膨れ上がったり、へこんだりする。エロチックだった。

赤毛男が背後から女を貫く。金髪女の背が弓なりに反り返った。

田所は、コニャックで喉の渇きを癒《い》やした。下腹は一段と熱を孕《はら》んでいた。

──こんなことじゃ、仕事にならないな。

田所は苦笑して、ソファから立ち上がった。

DVDを停止させ、各室の明かりを落とす。田所は玄関ドアの内錠も掛け、マジックミラーのある部屋に引き籠もった。

## 4

長くは待たされなかった。

玄関ドアのロックを外す音が小さく聞こえた。

大急ぎで田所は部屋の電灯を消した。

闇《やみ》が訪れた。手探りで、部屋のドアに近づく。

扉に耳を当てると、若い男女の話し声がはっきりと聞き取れた。平松と英理香にちがいない。

「すっげぇ部屋じゃねえか」

「ねえ、何か飲む？」

「いらねえよ。それよか、早くやろうぜ」

「やるって、何を？」

「とぼけんなよ。『エコー企画』の矢崎から聞いてんだろ」

「なんの話？」

「おれと寝る話だよ」

「ええっ。そんな話、聞いてないわ。あたしは矢崎さんから、イケてる男の子を紹介するって言われただけよ」

「冗談じゃねえや」

「な、何よ、あんた！　変なことをするつもりだったら帰ってちょうだいっ」

「なめるんじゃねえ」

男が声を荒《すさ》ませた。女が室内を逃げ回る気配が伝わってきた。

迫真の演技だ。

田所は唇の端を歪《ゆが》めて、部屋の隅まで歩いた。ビデオカメラの遠隔操作器《リモート・コントローラー》を手にして、マジックミラーの正面の長椅子に腰を下ろす。

少し経《た》つと、隣の寝室に人影が飛び込んできた。

体の線が軟らかい。英理香のようだ。あいにく暗くて、顔はよく見えなかった。

寝室が明るんだ。

どうやら平松が電灯のスイッチを入れたらしい。ベッドのかたわらに、サーファーカットの娘が立ち竦んでいる。

黒いミニスカートに真珠色の綿セーターを身につけていた。二十歳前後だった。

マジックミラー越しに、平松の姿が見えた。リーゼントヘアで、背が高い。田所はビデオカメラを作動させた。

「平松さん、帰って。あたしには彼氏がいるの。お願い、帰ってちょうだいっ」

英理香が真に迫った声で哀願した。

「そんなこと、知るけえ。おれはおまえとやるつもりで来たんだから、絶対にやるからな！　早く裸になんな」

「いや、やめてっ」

「脱げよ！」

「赦《ゆる》して、赦してください。お金がほしいんなら、あげるわ。だから……」

「うるせえっ」

平松がバックハンドで、英理香の頬を殴りつけた。肉と骨が鈍く鳴る。

英理香は短く叫び、その場にしゃがみ込んだ。顔を両手で覆っている。

「おら、早く脱ぎな」

「いや、いや！」

英理香が烈《はげ》しく首を振った。すると、平松は腰の太い革ベルトを抜き取った。

――まさかあの野郎、サディストじゃないだろうな。

田所は、いくぶん緊張した。

平松がベルトで、英理香の細い肩や脇腹《わきばら》を打ちはじめた。そのつど英理香は、泣き声に近い悲鳴をあげた。

「痛い目に遭《あ》いたくなかったら、おとなしくベッドに寝な」

「堪忍して」

「もたもたしてると、てめえ、絞め殺すぞっ」

平松が大声で凄み、ベルトを英理香の首に巻きつけた。

英理香が慌《あわ》ててベッドの上に乗る。いかにも恐怖に戦《おのの》いているような顔つきだった。

平松が胸を重ねた。

英理香の両手首をシーツに押さえ込むなり、唇を合わせせた。英理香が、さかんに下《か》肢《し》をばたつかせる。

平松が英理香の綿セーターの裾《すそ》を大きく捲《まく》り上げた。

ブラジャーが剝《む》き出しになった。平松がブラジャーのフロントホックを外す。小ぶりな乳房が露《あらわ》になった。二つの蕾《つぼみ》は半ば埋《なか》まっていた。

英理香が、しきりにもがく。

平松は乳首に唇を寄せるが、うまく捉《とら》えられない。やがて焦《じ》れたらしく、英理香の両手首をベルトで縛り上げた。英理香は両腕を掲げる恰好《かっこう》になった。

「これで、乳房《パイオツ》しゃぶれるな」

平松は満足げに笑い、またもや英理香の胸に顔を寄せた。

英理香が両手首で、平松の頭を打つ。平松は意に介さない。乳暈《にゅううん》ごとピンクの蕾を啜《すす》りはじめた。乳首を吸い上げながら、抜け目なく右手をスカートの中に潜《もぐ》らせる。

英理香が腰を左右に振って、必死に抗《あらが》う。

平松の唇から蕾が離れた。次の瞬間、彼は両手で英理香のパンティーストッキングとパンティーを引きずり下ろした。馴《な》れた手つきだった。

「やめて、やめて！」

英理香が狂ったように喚《わめ》き立てた。

平松が残忍な笑みを拡げ、スカートを大きくはぐった。

英理香の下腹が丸出しになった。肌の色は、くすんでいた。中心部の翳《かげ》りは淡かった。恥丘はこんもりと盛り上がっている。田所のいる位置からは、クレバスは見えない。

英理香が両脚を固く閉じた。

平松が両手で押し割り、英理香の両膝を立てさせた。欲情にぎらつく目は、珊瑚《さんご》色のはざまに注がれていた。

「ヘアが薄いから、割れ目がよく見えるよ」

「お願いだから、見るだけにして」

「ガキじゃあるめえし、そんなことできっかよ。いいかげんに観念しな」

平松が片手でジーンズのファスナーを外した。

英理香が両腿をすぼめる。平松は立ち上がって、ジーンズとトランクスを脱ぎ捨てた。赤黒い性器は誇らしげに屹立《きつりつ》していた。

――若いくせに、かなり使い込んでやがるな。

田所は薄く笑った。

平松が指で、英理香の性器を弄《もてあそ》びはじめた。

そのとたん、英理香がおとなしくなった。どうやら感じはじめたようだ。まずいことになった。

「ようやく濡れてきたな」

平松が右手を動かしながら、嬉しそうに言った。

英理香は答えない。閉じた瞼《まぶた》の陰影が濃かった。眉間《みけん》には、快感の証《あかし》がわずかに刻まれている。煽情的《せんじょうてき》な表情だった。

しばらくすると、不意に平松が立った。すぐに彼は英理香を摑み起こした。

「おれのピストルをしゃぶるんだ」

「そんなこと……」

「できねえって言うのかよ？」

「できないわ」

「気取るんじゃねえや。そんじゃ、できるようにしてやらあ」

平松が英理香の頭髪を引っ摑んで、彼女の顔に猛《たけ》り立った男根《だんこん》を近づけた。英理香はきつく瞳を閉じ、口を強く引き結んでいた。

平松がせせら笑って、英理香の鼻を抓《つま》んだ。英理香が苦しげに顔を振る。

十秒ほど過ぎると、彼女の唇が割れた。

すかさず平松は、欲望の塊《かたまり》を捩《ねじ》込んだ。英理香は含んだまま、じっと動かない。

「くわえてねえで、舌を使え！」

平松が英理香の頭を引き寄せ、自ら動きはじめた。粗暴なイラマチオだった。

数分が流れた。

突然、平松が腰を引き、英理香を突き倒した。すぐに彼は両膝《りようひざ》を落とした。仰向けに引っくり返った英理香が全身で暴れた。

と、平松は彼女の膕《ひかがみ》を両腕で掬《すく》い上げた。英理香の二本の脚《あし》が宙に浮く。

平松が荒々しく体を繋《つな》いだ。

英理香の両腿を肩に担《かつ》ぎ上げると、がむしゃらに突きはじめた。ほとんど同時に、英理香が高く叫んだ。

「やめて！　誰か助けてえ」

「ううっ」

平松が呻《うめ》き声を発し、英理香の両脚を肩から乱暴に振り落とした。どうやら果てたようだ。

英理香が涙声で、平松を罵倒《ばとう》する。

平松はふてぶてしく笑い、英理香から離れた。彼は汚れた分身を英理香のパンティーで拭《ぬぐ》った。英理香の泣き声が高くなった。

平松は身繕《づくろ》いをすると、英理香の縛《いまし》めを解いた。

英理香が手首をさすりながら、高い声で息巻いた。

「警察に訴えてやるからねっ」

「てめえ、密告《タレコミ》やがったら、ぶっ殺すからな！」

平松がたじろぎながらも、虚勢を張った。

また、英理香が声を張った。平松はそそくさと寝室から走り出た。足音は玄関に向かった。

田所は、遠隔操作器のスイッチを切った。

英理香が身を起こした。手で股間を押さえている。ベッドを降りると、英理香は浴室に駆け込んだ。

田所は部屋の明かりを灯《とも》して、ラークをくわえた。

火を点《つ》けたとき、遠くから湯の弾ける音がかすかに響いてきた。

煙草を吸《す》い終えると、田所は居間のソファに移った。室内は明るかった。

十分ほど経ったころ、浴室から英理香が姿を見せた。素っ裸だった。

「ご苦労さん！　かなりの演技だったよ」

田所は英理香を犒《ねぎら》った。

「ビデオ、うまく撮《と》れたかしら？」

「ああ、多分ね。矢崎さんから、きみのギャラを預かってる」

「それはどうも！」

英理香が右手を差し出した。

「その前に服を着ろよ。おれだって、現役の男だぜ」

「いいわよ、ノーギャラでつき合っても。あたし、おかしな気分なの。女って、強姦《レイプ》されたいって潜在的な願望があるのかなあ」

「さあ、どうかね」

「途中で感じてきちゃったんで、ちょっと焦《あせ》ったわ」

「おれにもわかったよ」

「ねえ、いいことしない？」

「こう見えても、おれの神経はそれほど太くないんだ」

田所は、やんわりと断った。英理香は好みのタイプではなかった。

「あら、汚くないわよ。だって、あいつのザーメンは指突っ込んで、きれいに掻き出したから」

「せっかくだが、遠慮しとくよ」

「じゃあ、ほかの男に当たってみるわ」

英理香は乾いた口調で言い、自分のバッグから愛くるしい下着を抓《つま》み出した。フリルのついたパンティーだった。

英理香は田所の目の前で新しいパンティーを穿《は》くと、奥の寝室に足を向けた。

数分で、居間に戻ってきた。綿セーターはシャツブラウスに変わっていた。スカートは同じだった。

田所は部屋のキーと引き換えに、預かった茶封筒を英理香に渡した。彼女は、その場で中身を検《あらた》めた。謝礼は三十万円だった。

「矢崎社長によろしくね」

英理香は皺《しわ》だらけの綿セーターをバッグに突っ込むと、踊るような足取りで部屋から出ていった。

田所は携帯電話で、芸能プロダクションの社長に報告した。

「それはよかった」

矢崎は上機嫌だった。

「数日中に、平松に呼び出しをかけましょう」

「よろしくお願いします」

「この部屋、また借りられますね？」

「いつでもオーケーです。田所さん、本当にお疲れさま！　パールホテルに部屋を取っておきましたので、今夜はゆっくり肉蒲団《にくぶとん》で寝《やす》んでください」

「肉蒲団？」

田所は訊き返した。

「気に入るかどうかわかりませんけど、のちほど夜のパートナーを差し向けます」

「矢崎さん、そういうことは困ります」

「どうぞご遠慮なく。ライブショーを観た後の男の昂ぶりは、よくわかってますから。部屋は七〇〇五号室です。フロントで、わたしの名前をおっしゃってください」

「せっかくですが、今夜はこれで」

田所は電話を切った。

原則として、プロの女性とは寝ない主義だった。田所は部屋を出た。

# 第三章　消された脅迫者

## 1

信号が青になった。

渋谷橋の交差点だった。

田所はＢＭＷを発進させて、ルームミラーを見上げた。

平松貴光の運転する赤いスカイライン・スポーツクーペＧＴ－Ｒは、すぐ後ろを走っていた。翌々日の夕方のことだ。

田所のジャケットの内ポケットには、『エコー企画』の矢崎信浩社長から預かった五百万円が入っていた。矢崎の代理人として、平松を渋谷駅前に呼び出したのだ。

明治通りを左に折れる。

ほどなく広尾のマンションに着いた。田所は地下のガレージに車を進めた。スカイラインが従《つ》いてくる。

二台の車は並んで停まった。

ガレージは空《あ》いていた。田所が車から降りると、すぐに平松も運転席から現われた。

「あれっ、このマンション⁉」

平松がそう言い、あたりを見回した。

「矢崎社長の知人のマンションだよ」

「きょうこそ、佳奈とやらせてくれるんだろうな」

「そんなにお気に入りの子だったら、どうしてもっと大事にしてやらなかったんだ？」

田所は話をすり替えた。さすがに気が咎《とが》めて、嘘《うそ》は言えなかった。

「別れてから、佳奈のよさがわかったんだよ」

「だから、もう一度寝たくなったのか？」

「まあな。それによ、佳奈はなんたってアイドルだからな。アイドルを抱けるなんて、最高じゃねえか」

「別に中身が変わったわけじゃないだろうが」

「そりゃ、そうだけどよ。やっぱし、いまの佳奈を抱きてえんだ。毎日のようにテレビに出てくるあいつにおフェラさせてさあ。うひょ、たまんねえな」

平松が奇声を発した。

田所は笑って、先に歩き出した。

数歩後から、平松が従《つ》いてくる。二人はエレベーターで十階まで上がった。

「一昨日《おととい》、きみが娯《たの》しんだ部屋だ」

エレーベーターホールで、田所は言った。

「あんた、知ってたのか⁉」

「おれは矢崎社長の代理人だぜ」

「あの野郎、お喋《しゃべ》りだな」

平松が忌々《いまいま》しげに舌打ちした。田所は平松を促《うなが》して、大股《おおまた》で廊下を進んだ。

「佳奈は、もう部屋にいるのかよ？」

「いや」

田所は首を振って、さらに歩度を速めた。

部屋の前に来た。すると、平松が急にそわそわしはじめた。

田所はジャケットのポケットに手を突っ込んで、部屋の鍵《かぎ》を抓《つま》み出した。

玄関のドアを開ける。田所は、平松を三和土《たたき》に押し込んだ。平松が気色《けしき》ばむ。

「てめえ、急になんだよっ」

「いいから上がれ」

「気に喰《く》わねえ野郎だな」

「早く靴を脱げ！」

田所は声を尖《とが》らせた。

平松が屈み込んで、ブーツのファスナーに手を掛けた。田所も靴を脱ぐ。

「佳奈が来たら、当然、あんたは消えるんだろうな」

先に玄関ホールに上がった平松が、確認するような語調で訊いた。

田所は黙したままだった。平松が絡んできた。

「なんで無視《シカト》してんだよっ」

「こっちに来てくれ」

田所は、平松をマジックミラーのある部屋に連れ込んだ。平松が苛立《いらだ》った。

「なんだってんだよっ」

「そう吼《ほ》えるな」

田所は仕切りの壁の前まで歩き、布製の壁掛けを取り除いた。

マジックミラーが露《あらわ》になった。平松が奇妙な呻《うめ》き声を洩《も》らした。

「ここから、隣の寝室を覗《のぞ》ける仕掛けになってるんだよ」

「あんた、おれと佳奈がやるのをここから見物する気なのか⁉」

「鈍《にぶ》いな」

「え？　どういうことなんだよっ」

「浅倉佳奈は、ここには来ない」

「なんだって⁉　それじゃ、てめえはおれを騙《だま》したのか！」

「結果的には、そういうことになるな」

「なめた真似《まね》しやがって」

「落ち着いて、おれの話を聞くんだっ」

田所は威嚇した。平松は気圧《けお》されたらしく、口を噤《つぐ》んだ。

「隣のクローゼットの中には、ビデオカメラがあるんだ。一昨日《おととい》の夜のレイプシーンは一部始終、録画させてもらった」

「マジか⁉」

「きみは英理香という娘の両手首をベルトで縛り上げて、強姦したよな」

「強姦《ごうかん》じゃねえよ。矢崎が、英理香って女をおれに回してくれたんだ」

「矢崎社長は憶《おぼ》えがないって言ってるぜ」

「冗談こくな！」

「それに、英理香はきみを警察に訴えると言ってる。おれも一昨日のＤＶＤを観《み》たが、ありゃ、完全に強姦《ツッコミ》だな。英理香が訴え出れば、きみが婦女暴行罪で起訴されることは間違いない」

「てめえら、いいかげんな話をデッチ上げて、おれを嵌《は》めるつもりなんだなっ」

「デッチ上げかどうか、ＤＶＤをよく観てもらおう」

田所は大型テレビに近づいた。

後ろで、平松が何か罵《ののし》った。田所はそれを黙殺して、レコーダーにＤＶＤをセットした。

待つほどもなく、画面が像を結んだ。ちょうど平松がバックハンドで、英理香の頬《ほお》を殴りつけたシーンだった。

「どうだい？」

田所は振り向いて、平松に声をかけた。

平松が毒づく。

「もっといいシーンがあるぜ」

田所は早送りのボタンを押し込んだ。

画像が乱れた。間もなく、平松が自分のそそり立った性器を英理香の口の中に強引に押し入れるところが映し出された。

「このＤＶＤを警察の連中が観たら、どんな顔をするかな。楽しみだよ」

「汚《きたね》え手を使いやがって」

平松が喚《わめ》いた。田所は冷笑し、言い返した。

「汚いのはお互いさまだろ」

「ちくしょう」

「五百万はやるから、もう浅倉佳奈のことは忘れるんだな」

「そうはいかねえや」

「それじゃ、パトカーに迎えに来てもらおう」

「てめえ、ぶっ殺してやる！」

平松がワゴンに走り寄って、ウイスキーのボトルを摑《つか》んだ。シングルモルトのスコッチだった。それを逆手《さかて》に持ち替え、勢いよく走ってくる。

田所は、こころもち腰を落とした。

平松が酒瓶を振り翳《かざ》す。

「やめとけ」

田所は大声で制した。

無駄だった。ボトルが振り下ろされた。

田所は体を躱《かわ》した。酒瓶は空を切っただけだった。平松の体勢が崩れた。田所は、平松の胃《ストマック》に拳《こぶし》をめり込ませた。手首まで埋まった。

平松が唸《うな》って、身を折る。

田所は、平松の腰を思うさま蹴《け》った。平松が突んのめるように泳ぎ、長椅子《ながいす》にぶつかった。すかさず田所は跳《と》び上がって、平松の腰を蹴りつけた。

平松が前のめりに倒れ、ソファごと引っくり返った。

「プロレスごっこは、このくらいにしておこう」

田所は言った。

平松が起き上がるなり、酒瓶を投げつけてきた。田所は身を沈めた。

頭上をボトルが掠《かす》める。背後で、酒瓶の砕ける音が響いた。

田所は膝《ひざ》を伸ばした。

平松の吐く息が荒い。挑《いど》みかかってこなかった。もはや戦意を失ったのか。

「五百万は要るのか、要らないのか」

田所は声を張った。返事はなかった。

「おれは、あまり気が長くないんだ」

「要るよ」

「じゃあ、やろう。ただし、二度と妙な気は起こすなよっ」

「ちゃんと五百万円くれりゃ、これっきりにすらあ」

「もし約束を破ったら、今度は入院騒ぎになるぜ。おれは昔、ボクシングをやってたんだ」

田所は威《おど》した。平松の顔に、怯えの色が浮かんだ。

「あんた、素人《トウシロ》じゃねえな。いったい何者なんだ?」

「まあ、いいじゃないか。くどいようだが、佳奈には二度と近づくなよ」

「しつけえなあ。早く銭をくれよっ」

「いいだろう」

田所は上着の内ポケットから銀行の袋に入った札束を掴み出し、それを平松に投げ与えた。平松は、うまくキャッチした。

「念のために数えてくれ」

「銀行の帯が掛かってるから、いいよ」

「そうか。じゃ、これでお別れだ」

田所は言った。

「ＤＶＤ、警察《サツ》には渡さねえだろうな」

「きみが約束を守れば、絶対に密告《タレコ》んだりしない」

「おれだって、ばかじゃない。てめえで、てめえの首を絞めるようなことはしねえよ」

「なかなか物わかりがいいじゃないか」

「ふん」

平松が鼻で笑って、札束の入った袋をジーンズジャケットの内ポケットに突っ込んだ。田所は歩きだしかけた平松を引き留《と》めた。

「ちょっと待った。ボトルの破片を片づけてけ」

「ええっ」

平松は不服そうだったが、田所の命令に逆《さか》らわなかった。とはいえ、ひどく大雑把な片づけ方だった。

田所は苦く笑った。

平松が肩をそびやかしながら、部屋から出ていった。

——これで一件落着か。ちょろい仕事だったな。

田所は懐から携帯電話を取り出した。

『エコー企画』に電話をかける。田所は、電話口に出た植草マネージャーに告げた。

「片がつきましたよ」

「ありがとうございます。少々お待ちください。いま、社長と替わりますから」

植草の声が遠のき、矢崎の声が響いてきた。

「ご苦労さまでした。平松の奴《やつ》、あっさり引き下がりました?」

「ちょっとゴタつきましたが、もうおかしなことはしないでしょう」

「恩に着ます。それじゃ、さっそく残りの謝礼をお支払いしましょう」

「いつでもかまいませんよ」

「部屋のキーも返していただかないといけないし、これからすぐにそちらに行きましょう。二十分もあれば、行けると思います。あっ、それから浅倉佳奈も連れていきます」

「なぜ、佳奈さんを?」

田所には意味がわからなかった。

「ちょうどうまい具合に佳奈の体が一時間ばかり空いたんですよ。ですから、一緒にお礼に伺います」

「わざわざそんなことをする必要はありませんよ」

「いいえ、それが筋ですから。それじゃ、すぐ参りますので……」

電話が切れた。

田所はリビングソファに坐った。見知らぬ他人の部屋にいるのは、なんとも居心地が悪かった。

## 2

携帯電話が鳴った。

数分が流れたころだった。

田所は少し迷ったが、携帯電話を耳に当てた。だが、わざと何も喋らなかった。

「もしもし、田所さんでしょ？」

相手が確かめた。矢崎社長の声だった。

「あっ、どうも！」

「わたし、人と会う約束をすっかり忘れてましてねえ。申し訳ありませんが、ご挨拶《あいさつ》には植草と佳奈を行かせますんで、ひとつよろしく！」

「ほんとに挨拶なんか必要ありませんよ」

「いいえ。それでは、こちらの気持ちが済みません。三百万の成功報酬は後日、わたし自身が直接お渡ししたいと思うのですが、それでよろしいでしょうか？」

「ええ、かまいません」

「これからすぐ佳奈たちをそちらに行かせますので、もう少しお待ちください。それから、部屋のキーは植草にお渡しいただけますか？」

「わかりました」

田所は電話を切って、白い総革張りのリビングソファに坐った。煙草《たばこ》を喫《す》いながら、時間を遣《や》り過ごす。

インターフォンが鳴ったのは、六本目のラークを喫《す》い終えたときだった。

田所はソファから腰を浮かせた。玄関ホールに急ぐ。

ドアを開けると、目の前に植草と浅倉佳奈が並んで立っていた。佳奈は、ゆったりとした象牙色《ぞうげいろ》のドレスを身にまとっていた。

テレビで見るよりも小柄だった。セルフレームの濃いサングラスで、佳奈は目許を覆っていた。

「どうも遅くなりまして」

植草が詫《わ》びた。

「わざわざ礼なんかいいのに」

「そういうわけにもいきません。佳奈、サングラスを外しなさい」

植草に言われて、アイドル歌手はサングラスを取った。キュートな顔が現われた。

われ知らずに田所は、顔を背《そむ》けていた。

――この娘《こ》は、おれの顔を憶《おぼ》えてるんじゃないだろうか。

田所は気が気ではなかった。

「浅倉佳奈です」

「田所です」

「このたびは、すっかりお世話になっちゃって。わたし、感謝してます」

「もういいよ。たいしたことをやったわけじゃないんだから」

田所は、初めてアイドル歌手に顔を向けた。

目と目が合った。佳奈の表情には、なんの変化も生じない。どうやら彼女は、自分の兄を死に至らしめた男の顔を忘れてしまったようだ。田所は安堵《あんど》した。

「もう少し時間がありますから、あちらでお話を……」

植草がリビングソファを手で示した。

断る理由がなかった。田所はうなずいて、リビングソファのある場所に戻った。植草と佳奈が靴を脱ぐ。

二人が長椅子に腰かけるのを待って、田所はひとり掛けのソファに身を沈めた。植草と向かい合う位置だった。

「おかげさまで、佳奈も今夜から睡眠薬なしでベッドに入れます。本当にありがとうございました」

植草が丁重に礼をのべて、上着の内ポケットから煙草の箱を取り出した。やはり、ダンヒルのメントールだった。

田所もラークに火を点《つ》けた。

そのとき、斜め前の佳奈が歌うように言った。

「わたし、田所さんと一度どっかで会ってるような気がするんだけどなあ」

「この手の顔は珍しくないからね。どこかに、おれと似た男がいたんでしょう」

田所は一瞬ぎくりとしたが、努めて平静に答えた。

「そうかもね」

「もう平松は、二度ときみに近づかないと思う」

「貴光には、ほんと頭にきちゃう。あいつ、汚ないわよ」

「汚い？」

「うん。さんざんいい思いをしたくせにさあ、五百万も強請《ゆす》り取ったりして。ほんとは、わたしがあいつから慰謝料を貰《もら》いたいくらいだわ」

「どうして？」

「あいつに脅されて、わたし、美人局《つつもたせ》までやらされたことあるのよ。貴光はお金遣いが粗《あら》かったから、いつもピーピーしてたの」

「アイドルが、そういう昔話を他人の前でするんじゃないの！」

植草が笑顔で、佳奈を窘《たしな》めた。

「わたしって、根が正直だからね」

「少々、頭《ペテン》が悪いんじゃないの？」

「わっ、意地悪ねえ。嫌い、嫌い、嫌い！」

佳奈は甘ったれた声で言って、マネージャーの肩を拳《こぶし》でぶつ真似をした。その瞬間、植草がわずかにうろたえた。

田所は、おや、と思った。心なしか、佳奈が植草に注ぐ眼差《まなざ》しは熱かった。

この二人は一線を越えているのではないか。そこまで深い仲ではないとしても、佳奈がマネージャーの植草に惚《ほ》れていることは間違いなさそうだ。

植草が手首のロレックスを見て、取ってつけたように言った。

「そろそろ出ましょうか」

「部屋のキーをあなたに渡しておこう」

田所はジャケットの右ポケットから二本の鍵を抓《つま》み出して、植草に手渡した。一本は、英理香から預かったスペアキーだった。

「これから、六本木の写真スタジオでグラビアの撮影があるんですよ。その後、日東テレビでドラマの録画撮りがあるんです」

「せいぜい稼いでください。それじゃ、わたしは先に」

田所は腰を上げた。

植草と佳奈がソファから腰を浮かす。

「なんか愛想なしで、申し訳ありません」

「いいえ」

「そのうち、また二人でゆっくり飲みましょう」

「そうだね」

田所は植草に応じ、玄関口に向かった。

植草と佳奈に見送られて部屋を出る。エレベーターホールに向かいながら、ふと田所は浅倉佳奈と植草の関《かか》わりが気になった。

──植草には、女房がいるって話だったな。佳奈は、いや、牧村修一の妹はそのことをどう考えてるんだろうか。あの年頃《としごろ》の女の子が大人の男に惹《ひ》かれるのはわかるが、ちょっと危うい感じだな。あまり深入りしないでくれればいいんだが……。

いつしか保護者意識めいたものが、田所の胸の片隅に生まれていた。牧村修一の妹をみすみす不幸にさせるわけにはいかない。

田所はホールに達した。

エレベーターは、すぐにやってきた。

田所は地下駐車場まで降りると、車に乗り込んだ。エンジンを始動させ、ＢＭＷをスタートさせる。田所は、車を三宿のマンションに向けた。

3

帰宅したのは、十数分後だった。

田所は自分の部屋に入ると、真っ先に冷蔵庫の中を覗いた。

腹が空いていた。あいにく、ろくなものがなかった。

田所はひからびたスライスチーズを頬張りながら、近くの蕎麦《そば》屋に電話をした。天《てん》丼《どん》の出前を頼む。

田所は新聞を読みながら、天丼が届くのを待った。

十五分ほど経つと、出前持ちの少年がやってきた。田所は、すぐに天丼を食べはじめた。

仕事机の上のプッシュホンが鳴ったのは、半分ほど搔《か》き込んだころだった。

電話をかけてきたのは、内山である。

「『エコー企画』のトラブル、どうした?」

「もう片をつけましたよ」

「さすがだね。どうせタレントのスキャンダルの揉《も》み消しか何かだろ?」

「うん、まあ」

田所は曖昧《あいまい》に答えた。

「そのタレントって、浅倉佳奈だろ? 植草マネージャーが、じきじきにおれに電話で田所ちゃんを紹介してくれって言ってきたんだから」

「佳奈じゃないですよ」

「それじゃ、誰だい? 麻生《あそう》セリか、円城寺卓郎《えんじょうじたくろう》あたりかな?」

内山は、エコー企画所属のタレントの名を挙げた。

田所は沈黙したままだった。

「教えてよ、田所ちゃん。このところ、面白い種《ネタ》がないんだよ」

「悪いが、言えないな。依頼に関することは他言しないのが、トラブル・シューターの仁義ですからね」

「ネタがおたくから出たことは、誰にも洩らさないよ。だから、情報を流してくれないかな」

「勘弁してくれないか。その代わり、仕事を世話してもらったお礼はさせてもらいますよ」

「そういう気は遣わないでくれ。それより、やっぱり駄目かい？」

「ああ、申し訳ないが……」

「相変わらずだな。でもさ、そういう骨っぽい生き方って、ちょっと貴重だよ」

「皮肉かな？」

「いや、いや、マジな話さ。おれ、あんたみたいな生き方に本当は憧《あこが》れてるんだ。いろいろ事情があって、現実にはできないけどさ」

「話題を変えましょう」

「妙なことを言い出して、悪かったな。おれのことは気にしないでくれ」

内山が先に電話を切った。

田所は受話器を置いた。ほとんど同時に、プッシュホンの電子音が鳴り響いた。電話をかけてきたのは藤沢《ふじさわ》に住む母だった。田所は開口一番に言った。

「おふくろ、元気かい？」

「ほんとに、あんたは親不孝ね」

母の声には、怨みが込められていた。

「何か用?」

「いいかげんに、お父さんと仲直りしてちょうだいよ。お父さんも近頃は年齢《とし》をとって、とっても気が弱くなってるの」

「だから?」

「フリーライターなんていう不安定な商売なんか早くやめて、お父さんの会社を継いであげてよ。あんたが長男なんだからさ」

「その話なら、大学を卒業するときにきっぱりと断ったはずだぜ」

田所は素っ気なく言った。

彼の父親は、タクシー会社を経営していた。苦労をして会社を興《おこ》した父は、何がなんでも息子に事業を継がせる気でいた。しかし、田所は父の会社を継ぐ気はさらさらなかった。三つ下の弟も同じだった。弟は親の家に住んでいるが、電子工学の研究所に勤めていた。

「とにかく、一度、藤沢に帰って来てよ」

「そのうちね。切るよ」

田所は母に一方的に言い、受話器をフックに戻した。天井の残りを平らげ、長椅子に寝転がる。

矢崎社長がなんの前ぶれもなく訊ねてきたのは、三時間後だった。

「急にどうなさったんです？」

「平松の奴が腹いせに厭《いや》がらせめいたことをしてきたんですよ」

矢崎がドアを後ろ手に閉め、震え声で言った。その顔は強張《こわば》っていた。

「もっと詳しく話してくれませんか。さ、どうぞ」

田所はスリッパラックに腕を伸ばした。

アタッシュケースを抱えた矢崎が靴を脱ぎ、スリッパに足を入れた。田所は、矢崎をコンパクトなリビングソファに坐らせた。

「日東テレビで、わたし、佳奈たちと合流したんですよ。その帰りに、いきなり青山通りで数十台のバイクと改造車《シャコタン》に取り囲まれたんです」

矢崎が興奮した面《おも》持《も》ちで切り出した。

「『風神会連合』の連中ですね？」

「ええ、平松とその仲間たちでした」

「何かされたんですか？」

「車を激しく揺さぶられました。車の中には、佳奈と植草が乗ってたんです。奴らに佳奈を連れ去られるような気がして、とても不安でした」

「それで？」

「リア・ウインドーをスパナで割られそうになりました。ちょうどそのとき、パトカーが駆けつけてくれたんですよ。通りがかりの人が一一〇番してくれたそうです」

「危ないとこでしたね」

「ええ」

「平松たちはどうしました？　捕まったんですか？」

「いいえ、奴らは蜘蛛《くも》の子を散らすように一斉に逃げていきました。そんなことで、佳奈は無事です」

「平松の奴め！」

田所の血が逆流しはじめた。

「あなた、平松にちゃんと言い含めてくれたんでしょうね」

「ええ、もちろんです」

「そうですか。チンピラのくせに、大人をなめやがって！　平松の奴、ただじゃおかないぞ」

「平松の厭がらせがこの先もつづくようでしたら、もう一度、威しをかけておきましょう」

「もうわれわれの手には負えないな」

「弱気ですね。こちらは、平松の弱みを握ってるんですよ」

「平松が握ってる佳奈の弱みのほうがもっと大きい。おそらくあいつは、そのことに気づいたんでしょう。考えてみると、単なる腹いせとは思えないんです」

　矢崎が言った。田所は唸った。

「きっと平松は五百万円を遣い果たしたら、また、金をせびりに来るにちがいない」

「絶対にそんなことはさせません」

「田所さん、もう堅気には無理でしょう」

「やくざを使って、平松を抑え込むつもりなんですね？」

「気が進まないが、仕方ありません」

「矢崎さん、それはやめたほうがいい。性質《たち》の悪いやくざに佳奈さんのスキャンダルを知られたら、反対に強請《ゆす》られることになるかもしれませんよ」

「やくざは、たいてい金で手を打ってくれます。だけど、血迷った若造は何をしでかすかわかりません。危なくて、野放しにはしておけない」

「しかし、矢崎さん……」

「わたしはね、若いときからずいぶん屈辱的な思いをしながら、やっと今日の地位を摑んだんです。誇れるものは体力しかない人間がここまでのし上がるのは、おこがましい言い方ですけど、大変なことでした」

　矢崎が言った。

「それはよくわかります」

「他人を踏み台にしてきましたし、ダーティーな商売もしてきました。そうまでして得たものをタレントのつまらないスキャンダルのために失いたくないんですよ」

「平松の口を永久に塞ぐつもりなんですか？」

「そこまでやる気はありません。あのチンピラには、それだけの値打ちはありませんからね。ちょっと痛めつけてもらうだけです」

「考え直すべきじゃないかな」

田所は言った。

「いいえ、わたしはもう決めました。佳奈が平松の影に怯《おび》えて発作的に蒸発でもしたら、それこそ取り返しがつかなくなりますからね」

「矢崎さん、もう一度だけチャンスをください。わたしも揉め事解決人《トラブル・シューター》を名乗ってる男です。問題が解決しないうちに、手を引くわけにはいきません」

「あなたには、もう充分に力をお借りしました。残りの三百万を差し上げますから、ここで手を引いてください」

矢崎が革のアタッシュケースを開けかけた。

「待ってください。わたしは、まだこの仕事から降りませんよ。残りの報酬は完全に仕事を遂行したときにいただきましょう」

「困るな。はっきり言って、ありがた迷惑ですね」

「それなら、ビジネスはここで打ち切りましょう。成功報酬はもう要りません。これからは、個人的な理由で動くことにします」

田所は宣言するような気持ちで言った。

「あんたって人は……」

「年齢《とし》の割に、頑固でしてね」

「例のＤＶＤはどこにあります？」

「レコーダーの中に入ってます」

「田所さん、素人が無茶なことをやらないほうがいいですよ」

「ご忠告ありがとうございます」

「困った方だ。わたしは、これで失礼します」

矢崎が立ち上がって、部屋を出ていった。

田所は机に歩み寄った。抽出《ひきだ》しの中から、四つ折りにした紙片を抓《つま》み出す。それには、平松の住所と電話番号が記してある。

田所は紙切れを押し拡《ひろ》げた。平松の住まいは目黒区内にあった。

少々手荒なことをやらないと、効き目がないようだ。

田所は、じきに自分の部屋を出た。急ぎ足でエレベーターホールに向かう。胸には火柱が立っていた。

　地下駐車場に降りると、田所は慌ただしく車に乗り込んだ。

下目黒にある平松の自宅アパートを探し当てたのは、およそ三十分後だった。

田所は車から出て、軽量鉄骨造りのアパートの門を潜《くぐ》った。平松の部屋は一階にあった。室内から、電灯の光が洩れている。

田所はドアをノックした。

ややあって、二十二、三歳の女が顔を見せた。化粧が厚かった。

「平松君は？」

田所は、軽い調子で問いかけた。

「いないわ。あんた、誰？」

「ちょっとした知り合いだよ」

「見かけない顔ね」

「きみは、平松君の姉さんか何かかい？」

「やだあ」

女が身を捩《よじ》るような仕種《しぐさ》をした。田所は、すぐに察しがついた。

「ごめん。彼の彼女だな」

「うん、そう。内縁の妻ってやつよ」

「平松君、いつごろ戻るんだい？」

「さあ、わかんないわ。貴坊《たかぼう》は鉄砲玉みたいな子だから」

「でも、溜《た》まり場みたいな所はあるんだろ？」

「あんた、誰なの？」

女が訝《いぶか》しげに言って、急に後ずさりした。

「だから、おれは平松君の知り合いだよ」

「ひょっとして、『ブラックシャーク』の……」

「おれは暴走族とは無関係だ」

田所は穏《おだ》やかに言った。ようやく女の顔に安堵の色が差した。

「どうして警戒したんだい？」

「一瞬、『ブラックシャーク』の奴らが決着《オトシマエ》をつけに来たと思ったのよ」

「何か危《ヤバ》いことでもやったのか？」

「ちょっとね。先週の土曜日の晩、貴坊たちが『ブラックシャーク』の品川支部の支《ア》
部長《タマ》をフクロにしちゃったらしいのよ」

「フクロ？」

「袋叩《ふくろだた》きのことよ。『ブラックシャーク』の連中が貴坊を狙《ねら》ってるって情報が入った
から、あたし、てっきりあんたのことを……」

「おれは、平松君に仕事の世話を頼まれた男だよ」

田所はもっともらしく言った。とっさの嘘だった。女の表情が明るむ。

「貴坊、やっと働く気になってくれたのね。あの子がちゃんと仕事をしてくれたら、あたしもまともな仕事に変わろうかな」

「いまは、まともじゃない仕事をしてるのかい？」

「あたし、新宿のファッションヘルスに勤めてんの。お金で男たちとエッチなことしてるわけだから、まともな仕事とは言えないでしょ？」

「そいつは考え方によるな」

「きょうは休んじゃったの。ねえ、貴坊にどんな仕事を世話してくれるの？」

「中古車センターの販売員なんだが、気に入ってくれるかどうか」

田所は胸にかすかな痛みを覚えながら、そう取り繕った。

「多分、気に入るわよ。あの子、車が大好きだから」

「それじゃ、早く教えてやろう」

「うん、そうして」

「平松君のいそうな場所を教えてくれないか」

「この時間なら、中目黒の『サンダーバード』ってスナックにいると思うわ」

女が答えた。

田所は車に戻った。

教えられたスナックは造作なく見つかった。

その店は、どことなくうらぶれていた。店内の壁を埋め尽くしたジミ・ヘンドリックスのレコードジャケットは、すっかり色褪《いろあ》せていた。

客の姿はなかった。レゲエが低く流れている。いまは亡きボブ・マーリーのナンバーだった。

店主と思われる男がカウンターの内側で、熱心にコミック誌を読んでいた。男は、まるで田所に気がつかない。

「ちょっと、いいかい？」

田所は声をかけた。と、男が弾かれたように椅子から立ち上がった。

「いらっしゃい」

「客じゃないんだ。平松君を捜してるんだが、知らない？」

「貴坊は、あの世に行っちゃったよ」

「死んだって⁉」

「ああ、殺されたんだ」

「……」

田所は言葉が出なかった。

矢崎が筋者を使って、平松を殺《や》らせたのだろうか。

田所は、ひと呼吸の間を置いてから男に訊いた。

「いつ？　平松はいつ死んだんだ？」

「ほんのちょっと前だよ。おれはよく知らないけど、ここに電話してきた副支部長の話だと、貴坊は三人の男に鉄パイプでメッタ打ちにされたらしいぜ」

「どこでやられたんだ？」

「青山霊園の中だってさ。おそらく『ブラックシャーク』の連中の仕業だよ。ここにいた『風神会連合』のメンバーが血相変えて、さっき飛び出していったよ」

「平松の仕返しか」

「今夜は血の雨が降るね」

男は妙に愉《たの》しそうだった。

「二つのグループは、前々からいがみ合ってたのか？」

「ああ、だいぶ前からね。小競《こぜ》り合いはしょっちゅうあったみたいだな」

「そうか。サンキュー」

田所は急いで店を出た。車に乗り込み、平松のアパートに引き返す。

部屋には、もう女はいなかった。買物にでも行ったのか。

――平松は、本当に対立していた暴走族グループに殺されたんだろうか。もしかしたら、矢崎がヤー公に命じて……。

田所は大京町《だいきようちよう》にある『エコー企画』に電話をかけた。社長の矢崎は、もうオフィスにはいなかった。

幸運にも、出先はわかった。荒木町《あらきちよう》の馴染《なじ》みのミニクラブにいるという話だった。

田所は、その店に電話をしてみた。

矢崎は店にいた。少し待つと、電話口に本人が出てきた。

「どなた？」

「田所達也です」

「ああ、きみか」

「平松を殺させたのは、あなたじゃないでしょうね？」

「あいつ、死んだのか⁉」

電話の向こうから、驚きの声が伝わってきた。作り声ではなさそうだ。

田所は、平松が殺されるまでのことを話した。

「信じられない話だ」

「いま話したことは、まだ確認していないんですよ」

「早速、調べてみよう。きみが話したことが事実だとすれば、わたしにとってもラッキーなことだ」

矢崎が嬉しそうに言った。

「人間がひとり死んだかもしれないんですよっ」

「確かに不謹慎なことだが、正直なところ、救われたような気持ちだよ。田所さん、こっちに来ませんか。盛大に飲みましょう」

「あなたおひとりで、どうぞ！」

田所は電話を荒々しく切った。

# 4

溜息が出た。

田所は朝刊を机の上に投げ出した。昨夜起こった暴走族チームの血みどろの抗争事件は、社会面のトップに掲《かか》げられていた。

記事のあらましは、こうだ。

昨夜、都内の数カ所で『風神会連合』のメンバーたちが、かねて反目し合っていた『ブラックシャーク』の構成員たちに次々に襲いかかった。双方が入り乱れて闘い、多数の負傷者が出た。

『風神会連合』の目黒支部長の平松貴光が殺害されたことが事件の発端だった。しかし、『ブラックシャーク』側は平松殺しを強く否定している。唯一の目撃者である『風神会連合』目黒支部の副支部長の証言は、現在のところ決め手となっていない——。

新聞には、五百万円のことは一行も書かれていなかった。テレビのニュースも、そのことにはひと言も触れていない。

平松自身が、あの金をどこかに隠したのか。それとも、犯人たちに奪われたのだろうか。田所は考えはじめた。

いったい平松は、誰に殺されたのか。犯人たちの姿を見ているのは、副支部長だけだ。そいつに会ってみることにした。

思いたって田所は、毎朝タイムズの社会部に電話をかけた。あいにく友人の有村《ありむら》徹《とおる》は、まだ出社していなかった。

「電話をくれるよう、お伝えください」

田所はそう頼んで、携帯電話の終了キーを押した。一応、有村の携帯電話をコールする。だが、電源が切られていた。取材中なのか。

有村から電話がかかってきたのは、およそ二時間後だった。

「何か急用か？」

「きのう、暴走族の出入りがあったよな」

「ああ。それがどうかしたのか？」

「負傷者のリストは社にあるかい？」

「あるよ」

「その中に、『風神会連合』の目黒支部の副支部長が入ってるかどうか大至急、調べてほしいんだ」

「そいつの名前は？」

「それがわからないんだ。しかし、おそらく怪我《けが》をして、どこかに入院してると思うんだよ」

「調べてみよう。ちょっと待っててくれ」

有村の声が遠ざかった。すぐに、ざわめきが耳に流れ込んできた。

数分待つと、有村の声が言った。

「お待たせ！　そいつは後藤正彦《ごとうまさひこ》という奴だ。年齢は十九で、プレス工《こう》だよ」

「入院先は？」

「愛宕《あたご》の城南医大の外科病棟だ」

「助かったよ」

「今度は、どんな事件に首を突っ込んだんだ？」

「会ったときに、ゆっくり話すよ」

「あんまり危《ヤバ》い事件に関わるなよ。怪我をしてもつまらんぞ」

「気をつけるよ」

田所は電話を切った。

そのとき、腹が鳴った。朝から、まだ何も食べていない。

田所はダイニングキッチンに行き、ブランチの支度に取りかかった。といっても、イギリスパンの間にツナや生野菜を挟んだサンドイッチを作ったにすぎない。それをコーヒーで胃袋に送り込む。

コンパクトな食堂テーブルから離れかけたときだった。

プッシュホンが鳴った。田所は居間兼仕事部屋に走った。

電話は、雑誌社からだった。

原稿の依頼である。田所は引き受けた。急ぎの仕事だった。締め切りまで、幾日もなかった。

──平松が死んだんだから、妙な意地は張らずに本業にいそしむか。

田所は受話器をフックに戻した。その直後、今度は携帯電話が着信音を刻みはじめた。田所は、素早く携帯電話を摑み上げた。

「田所さん？」

『エコー企画』の矢崎社長だった。

「そうです」

「やっぱり、平松は殺されましたね」

「確認されたんですね?」

「ええ。五百万円のこと、新聞でもテレビでも報道されませんでしたね」

「そうですね」

「あの金、どうしたんでしょう?」

「わたしも、それが気になってたとこです。わたしと広尾のマンションで別れた後、平松がアパートに戻った形跡はないんですよ」

「まさか平松に五百万円を渡さなかったんじゃないでしょうな」

「わたしがネコババしたとでも……」

「冗談、冗談ですよ。欲のないあなたが、そんなことをするわけがない」

「冗談にしても、不愉快だな」

田所は少し感情を害した。

「謝ります、謝りますよ」

「用件を言ってくださいっ」

「お電話したのは、ほかでもないんです。もし五百万円が発見されても、いっさい秘密を守っていただきたいんですよ」

矢崎が念を押すように言った。

「むろん、そのつもりです」

「それを聞いて、安心しました。あなたとはおかしな別れ方をしたもんだから、なんとなく気になっちゃってね。それで、お電話したわけですよ」

「これからちょっと出かけますので、これで失礼します」

田所は先に電話を切った。城南医大病院に行く気持ちになっていた。

たとえ冗談にせよ、五百万円を着服したと思われては業腹《ごうはら》だ。せめて五百万円のありかが明らかになるまでは、この仕事から手を引けない。

田所はそう思いながら、マンションの部屋を出た。地下駐車場で自分の車に乗り込み、城南医大病院に急ぐ。

三十数分で、病院に着いた。

後藤正彦は外科病棟の相部屋にいた。痩《や》せこけた若者だった。眼光が鋭く、頭に剃《そ》りを入れていた。

左の顎《あご》に絆創膏《ばんそうこう》が貼《は》られている。右腕には繃帯《ほうたい》が巻かれていた。しかし、怪我は軽かったようだ。

後藤はベッドの上に胡坐《あぐら》をかいて、新聞を読んでいた。スポーツ紙だった。

田所はベッドに歩み寄った。

「後藤君だよな？」

「そうだけど、おたくは？」

後藤が顔を上げた。

「死んだ平松君の知り合いだよ」

「へえ、支部長《アタマ》の……」

「ちょっときみに訊きたいことがあるんだ。下の食堂でコーヒーでもどうだい？」

田所は誘った。

後藤がベッドを滑り降りて、スリッパを履いた。二人は病室を出た。エレベーターで階下に降りる。

病院の食堂は入院患者や見舞い客で、半分ほど埋まっていた。

田所たちは隅のテーブルについた。どちらも、ホットコーヒーを注文した。田所は後藤に煙草を勧め、先に口を切った。

「昨夜《ゆうべ》は、派手にやらかしたみたいだな」

「『ブラックシャーク』は、もう消滅したようなもんすよ」

後藤は得意顔だった。

「平松君が殺される前後のことを訊きたいんだ」

「いいっすよ。なんでも訊いてください」

「きみたちは、なんで青山霊園になんかいたんだい？」

「警官《マッポ》に追われて、あそこに逃げ込んだんすよ。おれたち、ちょっといたずらをしたんす」

「いたずらって？」

「ほら、浅倉佳奈って歌手がいるでしょう？」

「ああ、いるな」

田所はうなずいた。後藤が急に声をひそめた。

「佳奈の乗ってたベンツをチームのみんなで取り囲んで、動けなくしてやったんすよ」

「なんで、そんなことをしたんだ？」

「遊びですよ。支部長《アタマ》は、そうじゃなかっただろうけどね」

「それ、どういう意味だい？」

「これはおれだけきゃ知らないことなんすけど、昔、支部長は佳奈とわけありだったらしいんすよ」

「へえ」

田所は空とぼけた。

「そんでね、支部長《アタマ》は佳奈の所属してる芸能プロに脅しをかけて佳奈を抱かせろって言ったらしいんすよね」

「金はせびらなかったのか？」

「銭をたかったとは言ってなかったすね」

「そうか。芸能プロはどんな出方をしたんだろう？」

「無視《シカト》されたらしくて、支部長《アタマ》、怒ってましたよ。だから支部長《アタマ》は、きのう、おれたちにああいう厭《いや》がらせをやらせたんだと思うな」

後藤が言った。田所は黙ったままだった。

どうやら平松は、せしめた五百万円のことは後藤に明かさなかったようだ。おおかた彼は、仲間から無心されることを警戒したのだろう。

「途中でパトカーが来やがったんで、おれたちはちりぢりに逃《フケ》げたんすよ」

後藤がそう言い、運ばれてきたコーヒーをひと口啜《すす》った。

「青山霊園に逃げ込んだのは、平松君ときみだけだったのかい？」

「ええ。そうっす。支部長《アタマ》のスカGとおれのRX8だけでした」

「平松君が襲われたときのことを詳しく話してくれないか」

「いいっすよ。支部長《アタマ》とおれの車は、縦列に路上駐車してたんすよね。支部長《アタマ》の車が前っす」

「それで？」

「そろそろ霊園から出ても大丈夫じゃないかと思ってさ、おれ、車から出て支部長《アタマ》んとこにそう言いに行ったんすよ。そんとき、支部長《アタマ》はスカGから出てきて、立ち小便をしたんすよね」

「ふうん」

「ちょうど小便をし終えたころかな、スカGの横にコンテナトラックが停《と》まったんすよ。と思ったら、いきなり荷台から三人の男が飛び出してきて、鉄パイプで支部長《アタマ》のことを代わる代わる殴りつけて、あっという間に逃《フケ》げやがった。支部長《アタマ》は血みどろで、おれが抱き起こしたときは、もう意識がなかったっすね」

「新聞やテレビニュースによると、三人の男はヘルメットを被《かぶ》ってたそうじゃないか」

「ええ、そうなんすよ。三人とも、黒いフルフェイスのメットを被ってました。だから、おれははてっきり……」

「きみは『ブラックシャーク』の連中の仕業だと思って、仲間を駆り集めたわけだな」

田所は、後藤の言葉を引き取った。

「そうなんすよ。けど、刑事《デカ》たちは奴らが犯人の可能性は薄いって言ってたな」

「三人の男たちは、どんな感じだった？」

「なんせ、とっさの出来事だったから、はっきりとはちょっとね。でも、冷静に思い出してみると、三人ともヤー公ふうだったな」

「そう」

「あいつら、暴走族《ゾク》じゃねえな。もしかしたら、刑事たちが言うように、おれの早とちりだったのかもしれないっすね」

　後藤がうなだれた。

「仲間で、平松君を恨んでた人物は？」

「支部長《アタマ》は面倒見のいい男だったから、うちのチームにはそういう奴は絶対にいないっすよ。恨みをもってる奴といえば、やっぱ、『ブラックシャーク』の連中ぐらいっすね。おれは、『ブラックシャーク』の品川支部の支部長《アタマ》がヤー公を使って、うちの支部長《アタマ》を殺させたと睨んでるんっすよ」

「そうか」

　田所は卓上のコーヒーカップを摑み上げた。コーヒーは生温《ぬる》かった。

「トラックのナンバーでも憶《おぼ》えてりゃ、手がかりになるんすけどね。でも、おれ、気が動転してたから、それどころじゃなくてね」

「だろうな。おそらく、コンテナトラックは盗難車なんだろう」

「そうか、そういうことも考えられるなあ」

「ああ」

「おれ、絶対に支部長《アタマ》の仇《かたき》を討《と》ります」

「つまらないことは考えるな。いずれ、法が犯人たちを裁いてくれるさ」

「警察《サツ》や裁判所なんかまどろっこしいっすよ」

「しかし、一応、法治国家だからな。それはそうと、平松君と同棲《どうせい》してる彼女のことは知ってるかい？」

「ええ、知ってますよ。未希《みき》のことでしょ？」

「おれは名前までは知らないんだ。平松君は、あの彼女とはうまくいってたのかい？」

「そりゃ、もう！　おれたちは、いつも当てられっぱなしでね。間違っても、未希は事件にゃ関係ないっすよ」

「そうかな。平松君は、かなり女の子を泣かせてきたみたいだから、あるいは彼女が……」

「確かに支部長《アタマ》はヒモみたいな暮らしをしてたけど、あの二人は熱々だったから、未希が支部長《アタマ》殺しに絡んでるなんて考えられないっすよ」

「そうか」

「おたく、さっきからおかしなことばっかし言ってるなあ。ほんとに支部長《アタマ》の知り合い？　ひょっとしたら、新聞記者《ブンヤ》じゃねえのかっ」

　後藤の語調が鋭くなった。

「違うよ」

「誰なんだよ、あんた！」

「参考になったよ。ありがとう」

田所は伝票を摑んで、立ち上がった。

すると、後藤が田所の腕を捉えた。それを振り切って、レジに向かう。すぐに後藤が迫ってきた。田所は振り向いて、相手を睨《ね》めつけた。

睨《にら》み合いは短かった。

後藤が先に目を逸《そ》らした。支払いを済ませて、外に走り出る。

——平松が死んで胸を撫《な》で下ろしてるのは、おれの知るところでは矢崎社長と浅倉佳奈、それから植草だな。三人とも平松を殺す動機はある。しかし、犯行を裏づける物証は何もない。三人のヤー公ふうの男たちは何者なんだろう？　彼らは何らかの理由で、平松に殺意を燃やしていたのか。あるいは、単なる殺人請負人にすぎないのか。

ＢＭＷに乗り込むまで、田所はそれだけのことを考えた。

男たちの正体を燻《いぶ》り出す材料は何もなかった。警察当局が彼らを洗い出すまでは、動くに動けない。しばらく本業に専念しよう。

田所はイグニッションキーを捻《ひね》って、車首を高名な物故評論家が遺《のこ》した資料館に向けた。

資料館は、世田谷《せたがや》の外れにあった。そこには、マスコミ関係のデータがおおむね揃《そろ》っている。

しばしば田所は、その資料館を利用していた。

男性週刊誌から依頼された仕事は、ドラゴン・マフィアと呼ばれている中国人犯罪組織の実態ルポだった。田所は、中国人の集団密入国事件と中国製トカレフのノーリンコ54の密輸ルートに関する資料を手に入れたかったのだ。

# 第四章　罠《わな》の獲物《ゲーム》

## 1

エンジンを切り、キーを抜く。

田所はBMWを降りた。資料館の駐車場だ。

城南医大を出てから、四十五分後だった。道路が渋滞していたせいで、割に時間がかかってしまった。

田所は館内に入った。すぐに資料を漁《あさ》る。

データは豊富だった。新聞や雑誌のスクラップはもとより、単行本までひと通り揃《そろ》っていた。すでに田所は、頭の中で記事の構成を考えていた。

必要な資料を探し出すのに、さして手間はかからなかった。田所は数種のデータを持って、コピーサービス室に回った。そこでは実費で、資料の複写をしてくれる。

複写機の前には、長い列ができていた。

田所は列に加わった。そのとき、前の男がひょいと振り向いた。田所と男は、同時に声をあげた。男は内山陽太郎だった。

「きのうは役に立てなくて申し訳ない」

田所は内山に言った。

「いや、気にしないでくれ。きょうは本業の仕事みたいだな」

「冴えない仕事なんだが、本業をあまり怠けるわけにはいかないんでね」

「あんたは、いい仕事をしてるじゃないか。羨《うらや》ましいよ。おれなんか、女子供に媚《こ》びるような仕事ばかりで……」

「いまをときめく芸能レポーターがずいぶん弱気だね」

「おれは卑《いや》しい芸能レポーターさ」

内山が自虐的に言った。

「それでも、たいしたもんだよ。紙媒体だけじゃなく、電波でも売れてるんだから」

「からかうなよ。どっちも虚しい仕事さ。本当はおれ、おたくみたいに社会派ノンフイクションものをやりたかったんだ」

「おれは社会派なんかじゃないですよ。ただ、不器用な生き方しかできない人間にちょっぴり興味があるだけなんだ」

田所は面映《おもは》ゆくてならなかった。

「いや、いや、おたくは偉いよ。おれなんか、ライターとしては屑《くず》みたいなもんだ」

「仕事のしすぎで、疲れてるんじゃないの？」

「そうかもしれないな。このところ、ろくに眠ってないんだ。きょうも午後二時から新宿の京急《けいきゅう》プラザホテルで、浅倉佳奈の記者会見があるんだよ」

「新曲の発表か何か？」

「それが、もっと深刻な話なんだ」

　内山が急に声をひそめた。

「深刻な話って？」

「どうも佳奈はエコー企画から離れて、自分の事務所を持つ気らしいんだ」

「つまり、独立ってことですね？」

「ああ。もっともエコー企画の矢崎社長の了解はとってないようだから、スムーズには独立できないだろうが」

「そうだろうな」

　なぜ急に浅倉佳奈は、独立する気になったのだろうか。田所は、何か裏があるような気がしてきた。

「下手をしたら、佳奈は芸能界で仕事ができなくなるな。この世界は、駆け出しのアイドル歌手が思い通りに動けるほど甘くないんだよ。かなりの大物タレントだって、独立したとたんに、村八分にされた例は珍しくないからな」

「浅倉佳奈は、なぜ独立する気になったんですかね？」

「待遇面で、不満があったんだろうな。佳奈はデビューしてから、興行収入とＣＤの印税で百数十億稼いでるんだ。だけど、所属プロの月給はわずか百万円なんだよ。デビューしたばかりのころは、十万円にも満たない月給だったという話だ」

「それじゃ、独立したくもなるな」

「しかし、よっぽどのバックがない限り、独立は難しいんだ。仮に独立できたとしても、まず成功は望めない。芸能界の体質は依然として古いんだよ」

　内山が言った。

「そのバックというのは、たとえば、どういう種類の人間なの？」

「有力な政治家とか興行界のボスとかだね。そういう発言力のある大物が後ろ楯《だて》になってれば、うまく独立できるんだよ。だが、それにはそれ相当の銭がかかる」

「結局は、誰かに甘い汁を吸われる運命にあるわけか」

「そういうことだな」

「哀れなもんだな、スターなんて」

「スターのゴシップで飯を喰《く》ってるおれは、もっと哀れな存在さ。しかし、転業もできないんだ」

「どうして？」

「こっちは三人の子持ちでね。おれ、ひとりっ子なんだよ。子供の時分に寂しい思いをしたんで、無責任にガキをこさえちゃったんだ。いまになって後悔してるが、もう後の祭りだね。まさか蒸発もできないしな」

「辛いとこですね」

田所は同情を込めて言った。

内山が苦笑して、手にしていた資料の束を職員に渡す。いつの間にか、順番が回ってきたのである。

田所はふと思いついて、内山に頼んだ。

「記者会見におれも連れてってくれませんか」

「田所ちゃん、読めたぜ。『エコー企画』のトラブルは佳奈だな?」

内山が振り返って、そう言った。

「浅倉佳奈は関係ないよ。おれ、浅倉佳奈のファンなんです。あの子の素顔を見てみたいんだよ」

「信じられないねえ」

「取材の邪魔はしませんよ」

「こっちは、別にかまわないけどさあ」

「それじゃ、ひとつ頼みます」

田所は頭を浅く垂れた。内山は、にやにやしていた。

ほどなく田所の番がきた。

必要な資料のコピーを取ってもらうと、彼は内山と一緒に資料館を出た。

内山は車ではなかった。田所は内山を助手席に乗せ、ＢＭＷを京急プラザホテルに向けた。

ホテルに着いたのは、午後一時を数分過ぎたころだった。

記者会見の開始時刻まで、かなりの間があった。田所たちはティーサロンで時間を潰した。

記者会見に入ったのは、二時五分前だった。すでに多くの報道陣が詰めかけていた。

場内は蒸し暑かった。まだ浅倉佳奈の姿はない。

「おれ、代表質問することになってるんだよ。その打ち合わせがあるから、ここで失礼するぜ」

内山は軽く手を挙げると、テレビ局員らしい男のいる方に大股《おおまた》で歩いていった。

田所は部屋の後ろまで進んだ。そのあたりには、人影はなかった。テレビ用の大型ビデオカメラやライトの太いコードが幾重にも折り重なっていた。

少し経つと、カメラのシャッター音が一斉に響いた。ビデオカメラのテープも回りはじめた。

左手の出入口から、盛装した浅倉佳奈が入ってきた。

佳奈は、マネージャーの植草と初老の男に挟まれていた。初老の男の顔を見て、田所は幾分たじろいだ。佳奈の父親だったからだ。

三人が白布の掛かった長いテーブルについた。中央に坐ったのは佳奈だった。目許に、疲労の色がにじんでいる。

植草が立ち上がって、ハンドマイクを握った。

「きょうは、お忙しいなかをありがとうございます。このたび、浅倉佳奈が独立することになりましたので、ご挨拶《あいさつ》申し上げます」

どよめきが起こった。

植草が坐る。佳奈が林立するマイクに向かって、笑顔で切り出した。頰《ほお》が紅潮していた。

「実はわたし、自分の事務所を持つことになりました。詳しいことは父がご報告いたします」

佳奈が隣の男を促した。父親が喋《しゃべ》りはじめた。

「わたくし、佳奈の父親でございます。みなさまには、大変お世話になっております。おかげさまで、娘も歌手として成長することができました。しかし、親馬鹿と思われるかもしれませんが、まだまだ佳奈の才能を引き出す余地はあると思うのです」

場内に、ざわめきが拡《ひろ》がった。

失笑も混じっていた。だが、佳奈の父は少しも怯《ひる》まなかった。

「所属プロの『エコー企画』には深く感謝しています。しかし、このままの過密スケジュールでは早晩、佳奈は心身ともに疲れ果ててしまうでしょう。いま娘に必要なのは充電期間です。わたくしたち親子《おやこ》は充分に話し合った結果、思いきって独立する決意を固めました」

「エコー企画との専属契約が確かあと五カ月ほど残ってますよね。そのへんのことは、どうなってるんです？」

マイクを握った内山が鋭く質問した。

「『エコー企画』には、むろん違約金を払うつもりでおります」

「会社側とは話し合いをされたんですか？」

「それは……」

佳奈の父親が口ごもり、植草に困惑顔を向けた。

植草が小さくうなずき、内山に答える。

「こういうことは弁護士さんにお任せしたほうがいいかと思いまして、まだ矢崎社長には何も申し上げておりません」

「ちょっとアンフェアですね。そうは思いませんか？」

「……」

佳奈たち三人は誰も答えなかった。

「そうすると、きょうの記者会見は会社への宣戦布告と考えてもいいわけですね？」

「そうお取りになられても結構です。わたくしは娘のために断固闘います」

佳奈の父が、きっぱりと言った。

その直後だった。出入口の付近で、怒声が響いた。

田所は視線を長く延ばした。出入口で怒鳴ったのは、矢崎信浩だった。矢崎の顔は引き攣《つ》っている。

「あっ、矢崎社長！　どうなってるんです？　説明してくださいよ」

内山が大声で言った。

「知りません、わたしは何も知りません。みなさん、これは裏切りです！」

「裏切り？　穏やかじゃありませんね」

「わたしは何も知らないんだっ」

矢崎が叫ぶように言い、テーブルに走り寄った。

佳奈たち三人が身を固くした。矢崎社長は、やにわに卓上の夥《おびただ》しいマイクを手で薙《な》ぎ払った。マイクが次々に落下し、耳障《ざわ》りな音をたてる。

「社長、見苦しいですぞ！」

佳奈の父が矢崎を窘《たしな》めた。

矢崎の額に、青筋が立った。

「きさまらは何を企《たくら》んでるんだ。わたしに一度の相談もなく、何が独立だっ。そんな一方的な話が通るもんか！」

「社長、落ち着きなさいよ」

植草が矢崎を制した。

「きさまって奴は……」

激昂《げっこう》した矢崎が右腕を翻《ひるがえ》した。空気が鳴った。

顔面を殴打された植草は、椅子《いす》ごと引っくり返った。なおも殴りかかろうとする矢崎を、近くの男たちが取り押さえる。

男たちは堅気ではなさそうだった。用心のため、佳奈側が雇った筋者たちだろうか。

矢崎は、廊下に押し出された。

場内は騒然となった。テレビレポーターが上気した顔で、マイクに向かってがなり立てていた。

田所は人波を掻《か》き分けて、場内を出た。

矢崎社長は男たちに腕を取られて、どこかに引ったてられていく。

田所は廊下を走った。間もなく追いついた。矢崎の背に声をかけると、男たちは手を放した。男たちは顔を見合わせ、すぐに記者会見場に引き返していった。

「田所さん、あんたがどうしてここに⁉」

矢崎が猪首《いくび》を傾げた。

「記者会見をちょっと覗《のぞ》きに来たんです。それより、浅倉佳奈の独立のことはまったくご存じなかったんですか？」

「寝耳に水だよ。同業者の誰かが、佳奈たちの後ろで糸を引いてるにちがいない」

「そいつの目的は何なんです？」

「いずれ佳奈を自分の会社に取り込むつもりなんだろう。佳奈はあと五、六十億は稼げるタレントだからね。しかし、そんなことはさせるもんかっ。もし強引に独立するようなら、佳奈のスキャンダルをマスコミに流してやる！」

「敵の正体は、まるっきりわからないんですか？」

田所は訊いた。

「いや、だいたい見当はついてる」

「何者なんです？」

「それは言えんね。これから、そいつのところに談判に行くつもりなんだ。あんた、尾行なんかしないでくれよ」

矢崎は語尾とともに走りだしていた。

田所は矢崎を追った。矢崎社長がエレベーターに乗り込む姿が視界の端に映った。田所は走った。

だが、一瞬遅かった。エレベーターホールに達したとき、矢崎を乗せた函《ケージ》はすでに下降しはじめていた。

田所は記者会見場に戻った。

ちょうど会見が終わったところだった。

佳奈と父親が出入口に近づいてくる。マネージャーの植草は、芸能記者やテレビのレポーターたちに取り囲まれていた。

大急ぎで田所は、出入口から遠ざかった。

佳奈の父親に顔を見られたくなかったからだ。田所はガラス張りの窓から景色を眺める振りをしながら、出入口をうかがった。

佳奈が父親と一緒に廊下に姿を見せた。

父親は娘の肩を抱いていた。佳奈は怯《おび》えた様子だ。すぐに父娘は廊下を小走りに走りだした。芸能記者やカメラマンが、あたふたと廊下に飛び出してきた。彼らは、佳奈たち二人の後を追った。

——牧村君の親父《おやじ》さんは、おれに気づかなかったようだな。

田所は安堵し、出入口に足を向けた。

数歩進むと、記者会見場からマネージャーの植草が現われた。植草が目敏《めざと》く田所を見つけ、駆け寄ってきた。田所は会釈《えしゃく》した。立ち止まると、植草が言った。

「記者会見場に田所さんがいらしたんで、びっくりしましたよ」

「ある所で、偶然に内山氏と顔を合わせたんだ。で、ちょっと覗いてみる気になったんだよ」

「そうですか」

「それより、こっちの方が驚きましたよ。急に独立記者会見があるなんて内山氏から聞かされたもんだから」

「田所さん、ちょっと……」

植草が田所の二の腕を引いた。田所は植草に腕を取られて、出入口から六、七メートル歩かされた。

向き合うと、植草が真面目な顔つきで言った。

「お願いがあるんです」

「何かな？」

「佳奈が死んだ平松に脅迫されてたことを絶対に口外しないでいただきたいんです」

「ご心配なく。依頼人の秘密は誰にも漏《も》らしたりしませんよ。現に内山氏が電話で探りを入れてきたんだが、何も喋っちゃいない」

「ありがとうございます。アイドルの醜聞《スキャンダル》は、命取りになりますからねえ。それに平松があんな死に方をしたもんですから、ちょっと神経を尖《とが》らせてるんですよ」

「あなた、平松が殺されたことをどう思います？」

「そうですねえ」

　植草はいったん言葉を切って、小声になった。

「わたしは矢崎社長が殺し屋《プロ》を使って、平松を消したんじゃないかと思ってます。あの社長なら、やりかねませんよ」

「平松を殺《や》る気があったんだったら、わざわざ五百万の口止め料を払ったりするかな？　脅迫してきた段階で、平松を消そうとするんじゃないだろうか」

「おそらく矢崎社長は五百万円を払っても、平松がおかしな真似《まね》をしてきたんで、抹殺する気になったんじゃないでしょうか？」

「そうなんだろうか」

「きっと、そうですよ」

「ところで、こんな独立の仕方で大丈夫なのかな？」

　田所は訊《き》いた。

「確かにフェアなやり方じゃありませんが、こうでもしなかったら、佳奈はいつまでも矢崎社長に搾取されますからね」

「人気タレントは半年先、一年先まで仕事が決まってるんでしょ?」

「ええ、決まってます。ですから、専属契約が切れるまで『エコー企画』が受けた仕事についてはちゃんと先方にギャラを払うつもりです」

「しかし、『エコー企画』の矢崎社長だって、このまま黙っちゃいないんじゃないかな。ふつうは専属契約が切れたときにタレントが移籍なり、独立するわけですから」

「ですから、わたしたちは『エコー企画』に違約金を払う準備をしてるわけです」

「それにしても、すんなり独立できるかな。こういうやり方だと、当然、業界内部からも批判や非難の声があがるでしょう?」

「そのへんのことは、ちゃんと手を打ってあります」

植草が意味ありげに笑った。

「バックに有力な政治家か、財界人でも据えたようだな」

「その質問には答えられませんが、とにかく大丈夫です。さまざまな妨害があるでしょうが、うまく切り抜けてみせますよ」

「それはそうと、新しい事務所はもう設けたんですか?」

「ええ、一応。といっても、仮事務所ですけどね」

「場所はどこなのかな?」

「永田町《ながたちょう》のグロリアホテルのスイートルームを月極《つきぎめ》で借りたんです。そこに、浅倉佳奈音楽事務所を設けたわけです」

「浅倉佳奈自身が社長になるわけか？」

「いいえ、社長は佳奈の父親になってもらうことになってます。佳奈は副社長です。もっとも会社設立登記は、まだこれからですがね」

「あなたの身分は？」

「一応、役員にしてもらえることになってますが、当分は佳奈のマネージャーですよ。しばらくは、社員も二、三人しか雇えないでしょうからね」

「陰ながら、応援させてもらうよ」

田所は植草の肩を叩《たた》いた。

そのとき、背中に鋭い視線を感じた。さりげなく振り返ると、少し離れた場所にダブルの白い背広を着た男が立っていた。
三十四、五歳だった。一見して、その筋の者とわかる。男の右手の甲には、牡丹《ぼたん》の刺青《いれずみ》が彫り込まれていた。
視線が交わると、慌てて男は目を逸らした。田所は、前に向き直った。

「いずれ佳奈の独立記念のパーティーを開く予定ですから、ぜひご出席ください」

「行けたら、行きます」

「それじゃ、また！」

植草がエレベーターホールに向かって歩きだした。

田所はその場に立って、植草を見送った。

白いダブルスーツの男が歩みだし、植草に影のように寄り添った。どうやら男は、植草に雇われたボディーガードらしかった。

## 2

「ベッドが狭いけど、泊まってくれる?」

ヴォーグを喫《す》い終えると、里穂が甘えた声で言った。情事の直後だった。

「重なって寝れば、どうってことないさ」

「そうね。それじゃ、寝酒でも飲む?」

「カンパリ・ソーダはご免だな。なんだか血を飲んでるようで、ちょっとな」

田所は言った。

「あなたには、バーボン・ロックをお作りします」

里穂がおどけた調子で言い、素肌に男物のオックスフォードのワイシャツをまとった。田所が泊まる夜は、いつも里穂はそれをパジャマ代わりに着用していた。

世田谷区奥沢《おくさわ》にある里穂のマンションの寝室だった。田所が急ぎの原稿を編集者に渡した日である。時刻は、夜の十時をわずかに回っていた。

田所は、喫《す》いさしの煙草の火を消した。

里穂がベッドを滑り降りる。静かに寝室を出ていった。

田所は半身を起こして、ヘッドボードの向こうの出窓に右腕を伸ばした。そこには、マイクロテレビが置かれている。

テレビのスイッチを入れた。

画面に、アナウンサーの顔が映し出された。ニュース番組のようだ。

「次のニュースです。今夜七時五十分ごろ、東京の練馬区《ねりまく》で轢《ひ》き逃げ事件がありました。大泉学園《おおいずみがくえん》に住む芸能プロダクションの社長、矢崎信浩さん、五十一歳が自宅前の路上で、コンテナトラックに轢かれて死亡しました」

田所は呻《うめ》いて、起き上がった。小さな画面を凝視し、音声に耳をそばだてる。

「目撃者の話によると、矢崎さんは自宅前に駐《と》めてあった自分の車に乗り込みかけたところを撥《は》ねられた模様です。トラックは、そのまま走り去りました。トラックが無灯火だったことから、警察では事故と他殺の両面から捜査をはじめることになりました」

画像が変わり、天気予報がはじまった。

田所はテレビを消した。

――平松を鉄パイプで殴《なぐ》り殺した三人組も、確かコンテナトラックに乗ってたはずだ。これは、ただの偶然なのか。いや、そうじゃないだろう。きっと矢崎社長は誰かに消されたんだ。二人の被害者に共通点はあるのか。どちらも浅倉佳奈の過去の秘密を知ってるな。それが事件を解く鍵《かぎ》だな。

田所は胸底で呟《つぶや》いた。

「どっちの部屋で飲む？」

背後で、里穂の声が響いた。田所は小さく振り返った。

「ベッドに坐り込んで、どうしちゃったの？」

「テレビを観《み》てたんだ。『エコー企画』の矢崎社長が誰かに轢き殺されたよ。いま、ニュースで、そう言ってた」

「轢き逃げ？」

「ああ。単なる事故じゃなさそうだな」

田所は事の経過をつぶさに話した。口を結ぶと、里穂が言った。

「二つの事件に関係があるかどうかわからないけど、昨夜《ゆうべ》、六本木のお店で浅倉佳奈がマネージャー風の男と一緒に『三村《みむら》プロ』の女社長と何か話し込んでたわよ」

「その話、確かか？」

「ええ。二人とも大きなファッショングラスをかけてたけど、間違いなく佳奈と三村真由子《まゆこ》だったわ」

里穂の口調は自信に満ちていた。

三村真由子は、元テレビ女優である。女優時代は絶えずマスコミの脚光を浴びていた。

真由子が実業家と結婚したのは、七年前だった。彼女は結婚生活に入ると、芸能活動をいっさいやめてしまった。それから二年半ほど経《た》ったころ、三村真由子は突如として芸能プロダクションを興《おこ》した。それが『三村プロ』である。

わずか数年で、『三村プロ』は飛躍的な成長を遂げた。いまでは、業界の大手に数えられている。

「三人は、どんな様子だった？」

田所はトランクスを穿《は》きながら、里穂に問いかけた。

「なんか密談してる感じだったわね」

「密談か。なるほど、読めてきたぞ」

「何が？」

「多分、三村真由子が佳奈のマネージャーの植草を唆《そそのか》して、独立をけしかけたんだろう」

「なんのために、そんなことを？」

「いったん浅倉佳奈を独立させて、後で自分のプロダクションに取り込むためだと思うよ。そういう手続きを踏んでおけば、業界内のそしりを受けずに済むからな」

「だけど、浅倉佳奈の独立はまだ実現してないんでしょ？」

「ああ。専属契約に縛られてるから、佳奈は勝手な真似なんかできない。そこで佳奈側は、違約金の話を持ち出したんだろう。しかし、矢崎は話に応じなかった」

「違約金の話も三村真由子の入れ知恵？」

「ああ、おそらくな。困った佳奈側は、『三村プロ』の女社長に応援を求めた。真由子は佳奈の代理人として、矢崎社長に契約を解除してくれるよう頼み込んだ。もちろん、相手が納得しそうな金額を提示してね」

「それも矢崎が撥《は》ねつけたから、三村真由子は誰かに彼を轢き殺させたわけ？　だけど、それはあんまり意味がないんじゃないかしら。だって矢崎社長が死んでも、浅倉佳奈の専属契約そのものは有効なわけでしょう？」

「いや、殺しの引き金はそのことじゃないな」

　田所は言った。

「何が動機なの？」

「話し合いがこじれたとき、矢崎は三村真由子を脅したんじゃないかな？　記者会見場から抓《つま》み出されたとき、矢崎はもし佳奈の背後にいる人物が強引なことをやるようだったら、佳奈のスキャンダルを公表してやるなんて息巻いてたんだ」

「そうなの。それで『三村プロ』の女社長は、矢崎を……」

「おおかた、そんなとこだろう」

「平松貴光も、三村真由子が誰かに殺《や》らせたのかしら？」

「多分な」

「三村真由子は、いったい誰から佳奈のスキャンダルを聞いたのかしら？」

「マネージャーの植草から聞いたんだろう」

「えっ、マネージャーから!?　なんで、わざわざタレントのスキャンダルを話さなければならないわけ？」

「これはおれの推測なんだが、『三村プロ』はかなり前から植草に佳奈の移籍話を持ちかけてたんじゃないのかな。植草は佳奈を独立させて、自分で彼女のマネージメントをしたいという野心があった。そこで彼は佳奈を説得して、『三村プロ』にある条件を出した。その条件とは、昔の同棲《どうせい》相手を永久に眠らせること。三村真由子は、なんとしてでもドル箱タレントの佳奈を手に入れたかった。で、代理殺人を引き受けた」

「そして、さらに佳奈のスキャンダルを暴露しそうな矢崎社長を殺したというわけ？」

「そう考えると、すべて辻褄《つじつま》が合うんだよ」

「女の三村真由子が、そんな恐ろしいことを考えるかしら？」

「欲のためには、人間、思いきったことを考えるもんさ」

「そうかなあ」

里穂は同調しなかった。異論があるのだろう。

――植草を痛めつけて、三村真由子の企みを吐かせるか。いや、彼はそんなにやわな男じゃないな。むしろ、三村真由子に罠《わな》を仕掛けたほうが早そうだ。

田所は胸底で呟いた。

「あなたの推測が正しいとしても、証拠は何もないわけよね？」

「そうだな。しかし、三村真由子の尻尾《しっぽ》を摑《つか》む方法はあるよ。彼女に直接、揺さぶりをかけてみるんだ」

「どんなふうに？」

里穂が訊いた。

「ブラックジャーナリストを装って、接近してみるのはどうだい？　おれの推測通りなら、必ずリアクションを起こすはずだ」

「でも、それは危険だわ」

「もしそれをやらなくても、いずれ危険はおれの身に迫ってくるかもしれない」

「どういうこと？」

「おれは、浅倉佳奈の忌《いま》わしい過去を知ってる人間のひとりだからな」

「まさかそこまでは……」

「それはわからないぜ。とにかく、女社長にちょっと揺さぶりをかけてみよう」

「やめたほうがいいわ」

「もう二人の人間が死んでるんだ。黙って放《ほ》っとくわけにはいかないよ」

「あなたって、損な性分ね」

「そうかもしれない」

田所はスラックスを穿《は》き、ベッドから離れた。

携帯電話を手に取る。三村真由子の自宅は、確か田園調布にあったはずだ。かなり以前に、田所はグラフ誌で三村邸を見たことがあった。豪邸だった。

田所は番号案内に電話をした。三村真由子の自宅のテレフォンナンバーは、すぐにわかった。すぐに電話すると、お手伝いらしい女が受話器を取った。

「雑誌社の者ですが、三村真由子社長にお取り次ぎください」

「申し訳ありません。マスコミ関係からのお電話は、こちらではお取り次ぎできないことになっているんです」

相手が言った。

「急を要する用件なんだがな」

「でも……」

「たったいま、露木淳《つゆきじゅん》が覚醒剤《かくせいざい》を所持していて逮捕されました。この情報は、まだ社長もご存じないはずです」

田所は、三村プロの看板タレントの名を持ち出した。覚醒剤云々《うんぬん》は作り話だった。

「少々、お待ちください。いま、社長をお呼びしますので」

相手が焦った。

田所は頬の筋肉を緩めた。ややあって、しっとりとした女の声が耳に流れてきた。

「三村真由子でございます。うちの露木淳が逮捕されたという話は、間違いないんでしょうか？」

「いや、嘘《うそ》だよ」

「嘘ですって⁉　まあ、なんて失礼な！」

「あんた、『エコー企画』の矢崎を殺させたなっ」

「何をばかなことを……」

「矢崎だけじゃない。平松貴光という暴走族の若者も誰かに始末させたはずだ」

「誰ですの、平松って？」

「平松は、浅倉佳奈と同棲してた男だ。『エコー企画』の植草をけしかけて今度の佳奈の独立騒ぎを演出したのは、あんたなんだろ。え？」

「根も葉もないことをおっしゃらないでください。失礼じゃありませんか。場合によっては、名誉毀損《きそん》で告訴しますよっ」

「やれるものなら、やってみな。こっちは証拠を握ってるんだ。昨夜《ゆうべ》、あんたと佳奈と植草は六本木の『トゥワイライト』ってサパークラブにいたな。あんたたちの会話は、そっくり録音させてもらった。おれは、あのテーブルに盗聴マイクを仕掛けておいたんだよ」

田所は張り詰めた気分で、擬似餌《ルアー》を投げ放った。

三村真由子の呼吸が乱れた。明らかに、狼狽している。

「証拠は、ほかにもあるんだ」

「えっ」

「おれはどうも警察《サツ》と相性が悪くてね。それに、密告しても一文の得にもならないからな。えへへ」

田所は、わざと卑しい笑い方をした。

重苦しい沈黙が横たわった。

「あなたの言うことはまったく身に覚えがありませんけど、おかしなデマを流されては困ります」

真由子がルアーに喰《く》いついてきた。

「言葉遣いが丁寧になったな」

「あなたは、どういう仕事をなさってるの？」

「ケチな新聞を発行してるんだが、赤字つづきでねえ。大手企業の経済やくざ締め出し作戦の影響をもろに受けちゃってな。おれは裏事件師じゃないんだがね」

田所はブラックジャーナリストを演じつづけた。

「あなたの新聞に、三村プロの広告を載せていただこうかしら。そうね、それから新聞を一万部ほど講読させてもらうわ。もちろん、向こう一年間ね」

「そいつは助かるな」

「あなたの連絡先を教えてくださらない？」

「それは教えられないね。コンテナトラックで追い回されちゃ、かなわないからな」

「なんの話です？　おかしなことばかり言って」

「へへへ。そうかね」

「せめてお名前を教えてくださいな」

「本名は忘れちまったよ。ジャッカルとでもしておこうか」

「悪ふざけは、おやめになって」

「広告料と講読料はどこに取りに行けばいい？」

「人目のある場所は困るわ」

今度は、敵がルアーを仕掛けてきた。

「どこにでも行くよ、美人と会えるんだから」

「それじゃ、明日の夜七時に油壺《あぶらつぼ》のヨットハーバーに来ていただけます？」

「いいよ」

「わたくし、イザベラ号という白いクルーザーの中で待ってます。クルーザーといっても、とっても小さいの。うまく見つけ出してくださいね」

真由子の語調が甘美になった。

「妙なお供は連れてくるなよ」

「ひとりで待ってます。海の上で、ゆっくりとお話ししましょう」

「あんた、舵輪《だりん》を操れるのか？」

「ええ。免許を取ったのは、もう五年も前です」

「それじゃ、クルージングを愉《たの》しむとするか」

「あなたに会うのが楽しみだわ。悪い男ほど、女には魅力があるものよ」

「おれも、したたかな女は嫌いじゃない。今夜は、あんたの夢でもみることにしよう」

田所は喋りながら、歯の浮くような台詞《せりふ》だな、と思っていた。電話を切ると、里穂が歩み寄ってきた。

「三村真由子の反応はどうだった？」

「やっぱり、おれの思った通りだった。女社長は、まんまと引っかかってきたよ」

田所は薄く笑った。

「ねえ、訊《き》いてもいい？」

「なんだい、急に改まって」

「浅倉佳奈のスキャンダルを握ってた平松がもう殺されたというのに、なぜ事件から手を引こうとしないの？」

「平松と矢崎が誰に消されたのか、それを知りたいんだよ。ただ、それだけさ」

「嘘！　あなたは何かを隠してるわ」

里穂がそう言って、そばのソファに浅く腰かけた。田所は、十三年前の出来事を里穂には話していなかった。里穂が言い募《つの》った。

「なぜなの？　なぜあなたは浅倉佳奈のことになると、そんなに熱心になるの？」

「まさか妬《や》いてるわけじゃないだろうな」

「話をはぐらかさないで」

「おれは、あの娘《こ》の兄貴に借りがあるんだ」

ひと呼吸の間を置いてから、田所は低く言った。

「借りって、何なの？」

「ある事で、おれは佳奈の一家を不幸にしてしまったんだ」

「いったい過去に何があったの？」

里穂が立ち上がって、優しい声音《こわね》で問いかけてきた。

一瞬、田所は遣《や》りきれない思い出を口走りそうになった。しかし、彼はそれをぐっと堪《こら》えた。誰かに心の傷を晒《さら》してしまえば、いくらか救われるかもしれない。だが、そうすることは卑怯《ひきょう》な気がした。

「言いたくないことだったら、教えてくれなくてもいいのよ」

「気を悪くしないでくれ。おれは、たったひとりで償いたいんだ。だから、きみにも話すわけにはいかないいんだよ」

「もういいの、何も言わないで」

「とにかく、おれは浅倉佳奈を不幸にさせたくないんだ。佳奈はマネージャーの植草に惚《ほ》れてるようだが、あの男は危険すぎる。現に植草は、三村真由子と結託してるようだしな。だから、おれは一連の事件から手を引けないいんだよ」

「つまらないことを言い出して、ごめんなさい。わたしにできることがあったら、お手伝いするわ」

「ありがとう」

「ね、坐って。飲みましょうよ。いま、バーボンのロックを作るわ」

「ああ、飲もう」

田所はソファに腰を下ろした。酔いたい気分だった。里穂がダイニングキッチンに向かった。

## 3

海が見えてきた。

BMWは、小網代湾《こあじろわん》に近づきつつあった。

三浦半島《みうらはんとう》である。岬の向こう側が油壺湾だった。

田所は、三崎《みさき》の漁船をチャーターしていた。船長の老漁師は古くからの知り合いだった。その男に、女社長との遣《や》り取りを録音してもらうことになっていた。

録音の仕方は、すでに電話で教えてあった。

ほどなく小網代湾に到着した。港は小さかった。

田所がチャーターした小さな漁船は、湾の外れに碇泊《ていはく》していた。シーボニア・ヨットクラブ寄りだった。夕陽《ゆうひ》が海を美しく染めている。

田所は車を降りた。

漁船に近づくと、機関室から六十年配の船長が顔を見せた。

田所は声を投げた。

「善《ぜん》さん、無理を言って悪かったね」

「なあに、かまわねえよ」

船長が嗄《しわが》れた声で答えた。

田所は漁船に乗り込んだ。魚臭の漂う甲板で、録音機を内蔵したＦＭ受信機を船長に渡す。周波数は百メガヘルツ帯に合わせてあった。

「電話で言ったように、いつもクルーザーの六百メートル以内にいてもらいたいんだ。そうじゃないと、おれと女社長の会話がこの船に届かないから」

「わかってらあ。クルーザーの艇名をもう一度確かめておこうか」

「イザベラ号だよ。船体の色は白らしい」

「気取った艇名だな。こちとら、竜神丸よ。日本の船なら、日本語の船名をつけてもらいてえな」

「善さん、そうむくれるなよ。それよりも、エンジンは大丈夫だろうね」

「見かけはボロだが、エンジンは新品同様さ。手入れがいいからな」

「それじゃ、すぐに出航してくれないか」

田所は腕時計を見た。六時二十分過ぎだった。船長が確かめた。

「諸磯湾《もろいそわん》の沖合で、そのクルーザーを待っていればいいんだな？」

「ああ。それじゃ、おれは敵のクルーザーに乗り込むから」

田所はすぐに下船した。

漁船のエンジンが唸《うな》った。なんとなく頼りない響きだった。

数分後、竜神丸が緩《ゆる》やかに滑りだした。田所は船が湾の中ほどに進むまで、岸壁で見送った。

いつしか風が尖《とが》りはじめていた。

額に、前髪がうるさくまつわりつく。田所はそれを掻き上げながら、車に戻った。

三村真由子は、どんな罠を用意しているのか。ひょっとしたら、例の鉄パイプの三人が出迎えてくれるのかもしれない。

田所は煙草《たばこ》を喫って、勇み立つ自分を鎮《しず》めた。冷静さを失ったら、死を招きかねない。ラークの火を消して、田所はおもむろに車をスタートさせた。岬を横切る。

やがて、眼下に油壺湾が見えてきた。

細長い湾内は凪《な》いでいた。波頭すら見えない。

ヨットハーバーには、数十隻のヨットが浮かんでいた。マストの林の背後に、大型のクルーザーが幾隻か繋留《けいりゅう》されている。

田所は車を停《と》めた。

まだ早すぎる。またもや煙草に火を点《つ》けて、時間を遣《つ》り過ごした。ヨットハーバーのそばにあるパーキングエリアに車を入れたのは、ちょうど七時だった。

陽は完全に落ち、空と海は暗かった。

田所はヨットパーカの襟元に盗聴マイクを仕込んでから、車の外に出た。

湾内は穏やかだったが、潮騒《しおさい》は意外に高い。丘の上にある純白のヨッテルが何やら幻想的だ。

田所は桟橋に向かった。

歩きながら、さりげなくあたりをうかがう。怪しい人影は見当たらない。

獣はクルーザーのどこかに潜んでいるのだろう。田所は足を速めた。

イザベラ号は、桟橋の突端近くに舫《もや》われていた。

全長二十メートルはあった。キャビンの円窓から、トパーズ色の明かりが洩れている。

田所は指笛を鳴らした。高く鋭い音が出た。

数秒経つと、クルーザーのコックピットから女の声が響いてきた。

「ジャッカルさん？」

「ああ。三村真由子さんだな？」

「ええ。どうぞお乗りになって」

「お邪魔するぜ」

田所はデッキに跳《と》び移った。

クルーザーは、わずかに揺れただけだった。コックピットから女社長が姿を現わした。

　田所は相手の全身を眺めた。

　三村真由子は濃紺のブレザーに、白いスラックスを身につけていた。クレオパトラカットの頭には、ヨット帽が載《の》っている。

「いいクルーザーだな」

「どうもありがとう。思っていたより、ずっと若い方だったわ。もっとぎらついた中年男を想像してたのよ」

「まだ三十四だよ。あんたより、三つか四つ若いはずだ」

「ムードを壊すようなことをおっしゃらないで」

　女社長が言った。拗《す》ねた口調だった。

　田所は曖昧《あいまい》に笑い返した。

「すぐに出航してもかまわない？」

「いいとも」

「それじゃ、あなたは下のキャビンで寛《くつろ》いでらして。お酒の用意をしておいたの。お先にどうぞ」

　真由子が艶《つや》っぽく言って、コックピットに入った。

　田所は警戒しながら、船室に降りた。

思いのほか広い。ほぼ中央に、円形のテーブルがあった。卓上には酒の用意がされている。オードブルを盛った皿も見えた。伊勢海老《いせえび》のサラダとキャビア・カナッペがうまそうだった。

L字形のソファの横を抜けて、田所は奥に進んだ。左手に二段ベッドがあり、右手には調理台とトイレがある。

トイレに殺し屋が隠れているのかもしれない。

田所は、ドア・ノブを用心深く回した。

人の動く気配はない。ドアを勢いよく手前に引いた。中には誰もいなかった。

刺客は女社長自身なのだろうか。

田所はデッキに上がった。潮風に包まれた。操舵室を覗くと、美しい女社長が言った。

「あら、召し上がらないの？」

「ひとりで飲んでも、うまくないからな。あんたのお手並を拝見させてもらうよ」

「それじゃ、こちらにどうぞ」

ベンチシートに坐った三村真由子が、腰を横にずらす。

田所は隣に腰かけた。サーチライトが灯《とも》されている。

スターターボタンが押された。エンジンが唸りはじめた。

女社長がセレクターを前進《アヘッド》に入れた。田所は真由子の手許《てもと》を見た。

「では、出航します」

真由子がスロットルレバーを少し開いた。すでにアンカーは巻き揚げ、舫《もや》い綱も解いてあった。クルーザーが滑るように走りはじめた。

海面は黒々としていた。

湾内を微速《スロー》で抜ける。外海に繋《つな》がっている諸磯湾に入ると、真由子はイザベラ号を全速《フルスロットル》で走らせはじめた。

とたんに、揺れが激しくなった。体と体が密着しては離れる。

「城ヶ島《じょうがしま》まで航行します。海から眺める灯台の明かりはとってもきれいよ」

真由子が舵輪を操りながら、妙に甘ったるい声で言った。田所は軽口をたたいた。

「おれは女に手が早い男でね。沖で二人っきりになったら、何をするかわからないぜ」

「わたしだって、小娘じゃないわ。小娘どころか、もうおばさんよね。それでもいいの？」

「女の食べごろは三十代の後半さ」

「あら、嬉しいことを言ってくれるのね」

女社長がはしゃぎ声をあげ、上体を凭《もた》せかけてきた。香水の匂《にお》いが馨《かぐわ》しい。

田所は薄く笑った。

イザベラ号は快調に走り、左に旋回した。さらに相模湾《さがみわん》をしばらく進む。

田所は背筋を伸ばして、目で竜神丸を探した。影も形もなかった。

――善さんはベテランの漁師だ。気を揉《も》むこともないだろう。

田所は不安を捩伏《ねじふ》せて、舳先《へさき》が切り裂く波の音に耳を傾けた。

十数分が流れた。

「もうじき城ヶ島沖よ」

「えっ、もう……」

「このクルーザーは、ボルボのガソリン・エンジンを搭載してるの」

女社長が自慢げに言い、エンジンの回転数を落とした。

船底を押し上げる波のうねりが、はっきり感じられる。間もなく、エンジンの咆哮《ほうこう》が完全に熄《や》んだ。サーチライトも消えた。島からは、だいぶ遠い。

静かだった。舷《ふなばた》を打つ波の音が、かすかに聞こえるきりだ。

「アンカーを落としたわ。キャビンで、ゆっくりと〝商談〟に入りましょうよ」

真由子に促されて、田所は腰を浮かせた。

二人は船室に移った。

「水割りでいいかしら？」

テーブルの横で、女社長が訊いた。

「飲む前に、いただくものをいただきたいね」

「いいわよ。一千万円の小切手を用意してきたの。それで、よろしいかしら？」

「上等だ」

「あなたに差し上げる小切手、ちょっと恥ずかしい所に仕舞《しま》ってあるの」

「どこに仕舞ってあるんだ？」

「パンティーの中よ。あなたの手で、取っていただきたいわ」

真由子が鍔《つば》のあるヨット帽を投げ捨て、艶《つや》やかな黒髪をひと振りした。色気のある仕種《しぐさ》だった。田所は真由子に近づいた。

女社長がダブルブレストの上着をかなぐり捨てた。

上半身が露《あらわ》になった。素肌にブレザーを羽織っていたのだ。乳房は小さかった。だが、形は崩れていない。

真由子が腰を捻《ひね》って、白いスラックスを足許に落とした。パンティーの上部から、小切手が顔を出している。

手の込んだことをやりやがる。

田所は肚《はら》の中で罵《ののし》って、女社長の足許に片膝《かたひざ》をついた。両手で、白いパンティーを引き下ろす。

小切手が舞い落ちた。

真由子が片手で黒い繁《しげ》みを覆い隠しながら、片方ずつパンティーから足首を抜く。

田所は床の小切手を拾い上げ、それを引き千切《ちぎ》った。

「ジャッカルさん……」

「銭より、あんたの方がいい」

「ほんとに？」

「ああ。星を見ながら、甲板《デッキ》で愛し合おう」

田所は、全裸の真由子を肩に担《かつ》ぎ上げた。重くはなかった。そのまま、デッキに出る。

「本当にデッキで愛し合うつもり？」

「いやかい？」

「全身、痣《あざ》だらけになっちゃうんじゃないかしら。うふふ」

女社長が、くすぐったそうに笑った。

「そうはならないさ」

「わかったわ！　立ったままで、愛し合うのね」

「そうじゃない。すぐにわかるよ」

田所は言い放つと、肩の真由子を海に投げ飛ばした。

派手な水音が静寂を破る。田所は鼻を鳴らした。

少し待つと、真由子の頭が墨色の海面を突き破った。濡《ぬ》れた髪が頬にへばりついている。それは和布《わかめ》のようだった。

真由子は立ち泳ぎをしていた。動く白い肢体が夜目《よめ》にも鮮やかだ。なまめかしかった。

——味見をしてから、海に放り込んでもよかったな。

田所は淡く悔やんで、デッキの手摺《てすり》から身を乗り出した。

「これは、なんのつもりなのっ」

真由子が憤《いきどお》った。

「オールヌードで泳ぐ気分はどうだい？」

「早く救命具を投げてちょうだい！」

「やったことを素直に吐けば、すぐに助け上げてやるよ」

「何を話せって言うの！」

「そうしてとぼけてると、そのうち鮫《さめ》か何かに尻《けつ》を喰い千切られることになるぜ」

「お願い、助けて！　デッキに上げてくれたら、何もかも話すわ」

「駄目だ。そこで話すんだっ」

「いや、助けて」

「それじゃ、おれが喋ってやろう」

田所はそう前置きして、言い継いだ。

「あんたは誰かを使って、平松貴光と『エコー企画』の矢崎社長を消したな。殺しの動機は、浅倉佳奈のスキャンダルを闇《やみ》に葬るためだ」

「違う、わたしじゃない！　わたしはどっちも殺させてないわ」

「嘘をつくと、朝まで泳ぎつづけてもらうことになるぞ。もっともその前にくたびれて、沈むことになるだろうがな」

「わたしは殺人には無関係だわ」

「案外、しぶといんだな」

「嘘じゃないわ。わたしは植草を唆《そそのか》して、浅倉佳奈を独立させただけよ。佳奈をいったん独立させて、いずれ彼女を『三村プロ』に移籍させるつもりだったの。お願い、信じて！」

真由子が哀願した。

「やっぱり、そういうシナリオだったのか」

「もう何もかも話したわ」

「いや、まだシナリオはつづくはずだ」

「それだけだわ。さっきあなたが破った一千万円の小切手は、佳奈の強引な独立にわたしが絡んでることの口止め料だったのよ」

「それにしちゃ、ずいぶん気前がいいな」

「そうかしら？　一千万なんて、たいした金額じゃないと思うけど。それより早くわたしを引き揚げて」

「金持ちは言うことが違うな」

田所は口をたわめた。

その直後だった。艫《とも》の方で、かすかな物音がした。音のする方に目を向けると、船室《キャビン》の陰から人影がぬっと現われた。二十五、六歳の男だった。

4

田所は緊張した。

男は、黒いウエットスーツで身を包んでいた。瘦身《そうしん》だった。三白眼ぎみの細い目が鋭い。

おおかた、組関係の人間だろう。潜水服は濡れている。エアボンベを背負っていた。首の後ろに、空気自動調節器《エアレギユレーター》が見える。

男は両手に、それぞれ黒っぽい水中銃《スピアガン》を握りしめていた。

どちらも銛《もり》が装塡《そうてん》されている。銛の先は三角形だった。
た。
「殺し屋は海からやってくるって、筋書きだったのか」
田所は男と三村真由子を交互に見て、大声で言った。と、海中の女社長が声を発し
「その男は誰なの？」
「いまさら、白々しいぜ。お客さんは、あんたが雇った男なんだろっ。おれを消すた
めにな」
「何を言ってるの⁉　わたしは、そんな男、見たこともないわっ」
真由子が高く叫んだ。
そのとき、男が右腕を前に突き出した。
銛の先は正確に田所の胸を指していた。一瞬、背筋が凍った。
田所は水中銃の威力を知っていた。至近距離で心臓を狙《ねら》われたら、まず助からない。
――水中銃で撃たれる前に、海に飛び込むか。それとも、逃げずに敵をここでぶち
のめしてやるか。
熱く火照《ほて》った頭で、田所は短く考えた。
男が一歩前に出た。田所は身構えた。次の瞬間、水中銃が横に動いた。
鈍い発射音がし、女の絶叫が轟《とどろ》いた。

田所は海に視線を放った。ちょうど三村真由子が、身をのけ反《ぞ》らせたところだった。真由子の左胸には、銛が深々と突き刺さっていた。

「標的《ターゲット》が違うんじゃないのかっ」

田所は痩せた男に言った。男がマウスピース越しに、乾いた声で答えた。

「これでいいのさ」

「何者なんだ、おまえは？」

「死ぬ人間が他人《ひと》の名前を聞いても仕方ねえだろうが」

男は余裕たっぷりに言って、右手の水中銃を海に投げ捨てた。それから彼は、左手の水中銃を素早く右手に持ち替えた。

田所は海面に目を注いだ。

真由子は仰向《あおむ》けになって、たゆたっていた。四肢は微動だにしない。どうやら、すでに息絶えているようだ。

男の全身に殺気が漲《みなぎ》った。

「おれを殺す気か？」

田所は相手に確かめた。

「ああ、死んでもらう」

「なぜだ？」

「わかりきったことを訊くんじゃねえ」

男が水中銃を胸の高さに掲《かか》げた。すぐに銃床を肩に近い部分に固定した。

田所は目で、何か武器になる物を探した。あいにく何もなかった。

男が引き金に指を絡めた。田所は男の指先を見つめた。

指に力が込められた。その瞬間、田所は横に跳《と》んだ。左の脇《わき》の下のあたりを銛が掠《かす》めた。ヨットパーカが破れたが、体は傷つかなかった。

痩せたウエットスーツの男が舌打ちして、水中銃を海に捨てた。

田所は、にっと笑った。

殴り合いなら、もう勝負はついたようなものだ。相手は重いエアボンベを背負っている上に、足ひれ《ロングフィン》までつけている。当然、動きは鈍いはずだ。

「さあ、こいよ」

田所は挑発した。

と、男がウエイトベルトのあたりを探った。田所は身構えた。

男がシーナイフを握った。

刃渡りは、かなり長い。二十センチ余りはありそうだ。

急いで田所は、キャメルカラーのヨットパーカを脱いだ。弾みで、超小型盗聴マイクが甲板に落ちた。

「てめえ、そんなものを⁉」

痩せた男が足ひれで、盗聴マイクを横に蹴《け》った。親指の先ほどの大きさのマイクはころころと転がって、海に落下した。

田所はヨットパーカを右手に持った。

男が不安定な足取りで、迫ってきた。やや腰を落として、田所は相手の出方を待った。

シーナイフが繰り出された。

田所はヨットパーカで、相手のナイフを薙《な》ぎ払った。風が湧《わ》いた。

シーナイフが舞った。男が何か低く叫んだ。

田所はパーカを男の顔面に叩きつけた。

男がたじろいだ。

田所は一歩踏み込んで、パーカを男の頭に被《かぶ》せた。顔が隠れた。

田所は、相手の顔面と腹にトリプルブロウをぶち込んだ。

的《まと》は外さなかった。男が体を折る。

田所は、男の顎《あご》を拳《こぶし》で下から掬《すく》い上げた。空気が揺れた。

男はコックピットの手摺《てすり》まで飛んだ。エアボンベが手摺にぶつかり、硬い金属音を響かせた。男がデッキに倒れる。

田所は走り寄って、相手の脇腹とこめかみをデッキシューズの先で思い切り蹴りつけた。男が妙な呻き方をした。悩ましげな声だった。

「男がおかしな声を出すな。そんなふうに呻くのは、女の専売特許だろうが」

田所は言いざま、痩《や》せた男の顎に蹴りを入れた。

男が悲鳴をあげて、身を丸めた。まるで怯《おび》えたアルマジロだった。

田所は甲板のシーナイフを拾い上げた。そのとき、男がよろよろと起き上がった。

顔半分が血で汚れていた。前歯もなかった。

田所は、男の胸倉を摑んだ。男が血塗《まみ》れの顔を背《そむ》けた。

「誰に頼まれたんだ！」

田所は、相手の頰にシーナイフを押し当てた。男が喚《わめ》いた。

「そんなこと、言えねえよ」

「甘く見るんじゃないっ」

田所は、男の股間《こかん》を膝頭で五、六度蹴り上げた。

容赦はしなかった。田所は何か狂暴な気分になっていた。

ウエットスーツの男が唸って、膝から崩れた。今度は立ち上がろうとしない。

田所は中腰になって、シーナイフでエアホースを断ち切った。

男が忌々《いまいま》しそうに舌打ちして、背のエアボンベを肩から振り下ろした。

「舌打ちなんかするな」

ふたたび田所は、相手の頬にシーナイフを宛《あて》がった。男が弱々しく訴えた。

「見逃してくれ」

「そうはいかない。誰に頼まれたのか、早く言うんだな」

「くそっ」

「あくまでも空っとぼける気なら、こっちも手加減しないぜ」

田所は言うなり、シーナイフを横に軽く滑らせた。

男が声をあげた。刃が、噴き出した鮮血に塗れた。男の頬から耳にかけて、赤い線が走っている。

「少しは箔《はく》がついたんじゃないか」

「ち、ちくしょう！」

男は泣きだしそうな顔で、頬の鮮血を掌《てのひら》で拭《ぬぐ》った。

「警察に訴え出てもいいぜ。そうしたら、三村真由子殺しがバレちまうがな」

「くそったれ！」

「そろそろ、依頼主《クライアント》の名を喋ってもらおうか」

「………」

「いい根性してるな。それじゃ、次は喉《のど》を搔《か》っ切ってやろう」

田所は、シーナイフを男の喉元に当てた。

ちょうどそのときだった。

どこかで、重く沈んだ銃声がした。次の瞬間、田所は左肩に衝撃を受けていた。甲板に転がった。散弾銃《ショットガン》で撃たれたことは、すぐにわかった。

肩に手を当てると、血がべっとりと付着した。痛みよりも、灼熱感《しゃくねつかん》のほうが強かった。

「この野郎っ」

ウエットスーツの痩せた男が、田所の手からシーナイフを捥《も》ぎ取《と》ろうとした。田所は男を蹴りつけた。男がよろけて、コックピットの壁に背をぶつけた。

田所は跳ね起きた。腰を低くして、男に近づいていく。

ふたたび、地鳴りに似た銃声が響いた。

田所は甲板に身を伏せた。船体のあちこちで、霰《あられ》がトタン屋根を打つような音がした。

敵の船が近くにいるにちがいない。

田所は周囲を見回した。

イザベラ号とほぼ並ぶ位置に、白とマリンブルーに塗り分けられた大型のモーターボートが浮かんでいた。無灯火だ。人影は、よく見えなかった。

田所は船室の方を見た。

いつの間にか、ウエットスーツの男の姿は掻き消えていた。おおかた隙《すき》を衝《つ》いて、海に逃れたのだろう。

大型モーターボートが動きだした。

イザベラ号に接近してくる。船脚《ふなあし》は速かった。

かすかに水を蹴る音が伝わってきた。

田所は上体を起こして、海面を眺めた。五、六十メートル先をウエットスーツの男が泳いでいた。クロールだった。

男は足ひれで懸命に水を叩きながら、モーターボートの方に向かっている。

大型モーターボートも、男を目標に進んでいた。かなりの速力だ。

モーターボートは、瞬《また》く間に男に近づいた。田所は目を凝《こ》らした。

ほどなくボートが停止した。

ボートの上には、二つの人影があった。ともにウエットスーツを着込み、エアボンベを背負っている。

ボートから救命具が投げられた。

水中銃の男が、それを摑んだ。男は手繰《たぐ》り寄せられ、ボートの上に救い上げられた。

——敵は三人か、奴《や》らが平松や矢崎を殺ったんだろうか。

三つの影を見据えながら、田所は心の中で思った。

大型モーターボートが船首の向きを変えた。舳先は陸《おか》を向いていた。モーターボートが疾駆しはじめた。

逃げる気なのだろう。

すぐに田所は、イザベラ号のコックピットに入った。

巡航艇《クルーザー》の操舵法は知らなかった。だが、学生時代に知人のモーターボートを無免許で動かしたことがある。それに、さきほど女社長の手許を見ていた。

何とかなりそうだ。田所はアンカーのロープを巻き揚げ、エンジンを始動させた。

一発でかかった。探照灯のスイッチを入れた。青黒い海面が浮かび上がった。

田所は微速《スロー》でイベザラ号を走らせ、すぐに舵輪を大きく右に切った。

モーターボートのステアリングとは、いささか勝手が違う。それでも、さほど難しくはない。どうにか操《あやつ》れそうだ。

大型モーターボートが視界に入った。

陸に向かって、全速で走っていた。陸までは、かなり遠い。

行く手を阻《はば》むことにした。

田所はクルーザーを突っ走らせた。

スピードを上げた。舳先が波を蹴立てる。飛沫《しぶき》が横殴りの雨のように、操舵室に飛び込んでくる。うねりは高かった。たちまち田所は、ずぶ濡れになった。

みる間に距離が縮まる。

突然、モーターボートの上で赤いものが弾けた。散弾銃が火を噴いたらしい。甲板の手摺が細かい火花を放った。

ライフルだと危ないが、ショットガンなら怖くない。

田所は銃器には精《くわ》しかった。数年前の秋、彼は取材でアメリカの西海岸に渡った。そのとき、現地の射撃練習場《シューティング・レンジ》でライフルや各種の拳銃《ハンドガン》を実射している。

イザベラ号は、大型モーターボートを追い抜いた。モーターボートの進路を塞《ふさ》ぐ位置で、セレクターを後進《アスターン》に切り換える。

クルーザーが身を震わせて、ゆっくりと停止した。

海風は、だいぶ重くなっていた。海霧《ガス》も立ち込めはじめている。

敵のボートが急にUターンした。

その動きは速かった。少しも無駄がない。モーターボートは、全速で沖に向かって走りだした。ボートは激しく尻《しり》を振っていた。

田所はイザベラ号を大きく右旋回させた。

舳先がまっすぐになると、全速前進《フルアヘッド》で追った。造作なく追いついた。

このまま直進したら、モーターボートを撥ね上げてしまう。

田所は、エンジンをスローに落とした。

と、小回りの利《き》く敵のモーターボートがジグザグを切りはじめた。うねりが舷《ふなばた》いっぱいまで迫《せ》り上がっている。いまにも横波に呑《の》まれそうだ。

——敵の燃料が切れるまで、追っかけてやる！

田所は、しつこく追い回した。

肩の出血が夥《おびただ》しい。流れ出た鮮血は胸を伝い、手首まで達していた。痛みも強まってきた。しばらく走ると、不意に前方の闇が割れた。

竜神丸だった。集魚灯が眩《まばゆ》い。

田所はクルーザーの速度を上げた。

敵のボートはS字を描きながら、必死で逃げている。前方の竜神丸がボートの進路を阻む形で停まった。

これで、挟み撃ちだ。

田所は微笑した。そのとき、モーターボートが衝突寸前に竜神丸を躱《かわ》した。

ボートは横波に煽《あお》られ、引っくり返った。三つの人影が海面に投げ出された。一瞬の出来事だった。

田所はスクリューを反転させた。

イザベラ号が停止する。田所は甲板に躍り出た。モーターボートは船腹を晒して、ゆらゆらと揺れていた。

田所は闇を透かして見た。

海面に人の姿は見えなかった。

待ってみた。しかし、いっこうに敵は浮かんでこない。

水中銃の男は予備のエアボンベを使って、仲間の二人とともに海中に潜ったようだ。

田所は歯ぎしりした。迂闊《うかつ》だった。

「おーい」

竜神丸から、船長の声が聞こえた。

「善さん、遅かったね」

「すまねえ。途中で、エンジンが駄々をこねやがったんだ。でも、あんたと女社長の会話はちゃんとテープに収めたぜ」

「ありがとう」

「途中で急に音声が途絶えたのは、どうしてだい？」

「おれを襲った男が盗聴マイクを海に蹴落としたんですよ」

「なるほど、それでか。あんた、怪我《けが》は？」

「散弾銃で肩を撃たれたけど、たいしたことはありません」

「怪我を軽く見ちゃ、いけねえな」

「それより善さん、無線で海上保安庁に連絡を頼みます。こっちの無線機は故障してるらしくて、使えないんだ。女社長とおれを襲った連中は、おそらく近くの海岸まで潜ったまま泳ぐ気でしょうから」

「そうかもしれねえな。漁業組合に無線を打ってくらあ」

「いや、待ってくれませんか。無線を打つのは、やめておこう」

田所は思い直して、早口で言った。

「なぜだい？」

「発信人の善さんに迷惑がかかるし、おれも痛くもない腹を探られるのはかなわない。ここは、ひとまず逃げましょう」

「そうするか。いま、船をそっちにつけらあ」

船長が、あたふたと機関室に駆け込んだ。

田所は暗い波間を見た。三村真由子の遺体はどこにも見当たらない。かなり後方に漂っているのだろう。

そのうち、第三海保の巡視艇が女社長の遺体を見つけ出してくれるのではないか。

田所は視線を転じた。

竜神丸がゆっくりと近づいてくる。エンジン音は低かった。

間もなく漁船は、クルーザーに接舷した。

田所は竜神丸に跳び移った。

すぐに漁船はイザベラ号から離れ、船首を三崎港に向けた。竜神丸の母港だ。

「小庖丁《こぼうちょう》があったら、貸してくれませんか」

田所は船長に言った。

「あるけど、何をする気だい？」

「粒弾《つぶだま》を抉《えぐ》り出したいんだ」

「無茶だよ、そんな。病院に行かなきゃ」

「病院になんか行ったら、警察に通報されて、厄介なことになります」

「そうか、それもそうだな」

船長が納得した。

「弾の喰い込み方が浅いようだから、なんとか自分でやれそうだな」

「小庖丁は船室のテーブルの上に載《の》ってる。そばに焼酎《しょうちゅう》があるはずだ。そいつで傷口を消毒してから、やりな」

「そうします」

田所は船室に入った。

簡易ベッドの脇に、黒光りした木製の卓があった。卓上には食器、週刊誌、灰皿、食べかけの菓子パンなどが雑然と載っていた。小庖丁と焼酎もあった。

椅子は見当たらなかった。

田所は、垢《あか》じみた夜具の上に浅く腰かけた。焼酎の瓶を摑み上げる。Tシャツの上から、肩の銃創に焼酎を振りかけた。

思わず呻き声が出た。

ひどく沁《し》みた。実際、跳《と》び上がりそうになった。

血糊《ちのり》で肌にへばりついたTシャツを少しずつ引き剝《は》がす。傷口は、小さな蜂《はち》の巣《す》のようだった。

田所は小庖丁を握った。

左手を強く握りしめて、歯を喰いしばる。小庖丁の切っ先で、小さな弾を一粒ずつ抉り出しはじめた。

その作業は激痛を伴った。

小庖丁の先で肉をせせるたびに目が霞み、額に脂汗がどっと噴き出した。そばに船長がいなかったら、呻き通しだったかもしれない。

気の遠くなるような痛みに、田所は耐え抜いた。

全身、汗みどろだった。体内には、七粒の細かい散弾が埋まっていた。傷口からは、新たな鮮血があふれ出していた。

少しは痛み止めになるだろう。

田所は、二口ほど焼酎をラッパ飲みした。それから寝具の上にあったタオルを傷口に宛がい、立ち上がった。船室を出て、機関室に行く。

「もう弾を抜いたのかい？」

舵輪を握った船長が問いかけてきた。

「なんとかね。小さなベアリングみたいな散弾粒が七つ入ってた。タオル、勝手に使わせてもらいましたよ」

「遠慮はいらねえさ。今夜は、おれんとこに泊まれや。その体じゃ、車の運転は無理だよ」

「そうさせてもらうかな」

「あんたの顔を見たら、嬶《かかあ》も喜ぶよ。今夜は酒を喰らって、寝ちゃいな。明日の朝、うまい刺身を喰わせてやらあ。あんたが寝てる間に、活きのいい魚を獲《と》ってきてやる」

「そいつは楽しみだな」

田所は血のにじんだタオルを包帯のように巻き、ポケットの煙草を探った。潮風に吹かれながら喫うラークは、格別にうまかった。

煙草を喫い終えたころ、前方に三崎港の灯が見えてきた。

すると、急に傷の痛みが強まった。気が緩《ゆる》んだせいだろう。

# 第五章　顔のない標的

## 1

記事を読み終えた。

三村真由子の死は、朝刊に大きく報じられていた。社会面のトップ扱いだった。

田所は新聞を卓上に戻した。

船長の自宅の茶の間である。外は雨だった。時刻は正午近かった。

起きて間《ま》がなかった。まだ頭がぼんやりしている。深酒のせいにちがいない。

記事のあらましは、次の通りだった。

昨夜八時半ごろ、海上保安庁第三管区海上保安本部の巡視艇が城ヶ島沖で三村真由子の遺体を収容した。真由子の胸に銛《もり》が突き刺さっていたことから、海上保安庁では殺人事件と断定して、横浜の第三管区海上保安本部に捜査本部を設けた。

海上には無人のクルーザーが浮かんでいただけで、いまのところ犯人を割り出す手がかりはまったくない。なお捜査本部は、神奈川県警捜査一課と所轄の三崎署に捜査の協力を要請した――。

　事件そのものに関する記事は割に短かった。いかにも第一報という感じだった。しかし、三村真由子のテレビ女優時代やその後の華麗な活躍ぶりが詳しく載っていた。各界の著名人の談話も添えてあった。

　――ウエットスーツの連中は、うまく逃げきったようだな。奴らの雇い主は、いったい誰なんだろう？

　田所はラークに火を点《つ》けた。

　――水中銃の男が最初っから女社長とおれを消すつもりだったことは、ほぼ間違いない。狙われたのは、どちらも佳奈のスキャンダルを知ってるからなのだろうか。それは措《お》いといて、推測を重ねてみよう。真由子は植草を唆《そそのか》して、まだ専属契約の切れていない佳奈を強引に独立させたと言ってたな。あの話が事実だとすれば、植草と女社長との間に何らかの取引があったはずだ。

　灰を落として、また考える。

　――どんな取引だったんだろう？　女社長が佳奈の違約金を肩代わりする見返りとして、植草は佳奈とともに『三村プロ』の傘下に入る。おおかた、そんな取引だったんだろう。その取引がこじれたため、植草が女社長に刺客を放ったのか。そして、ついでに佳奈のスキャンダルを知ってるおれも抹殺しようとしたんだろうか。

田所は、さらに思考を巡らせた。

――しかし、ちょっと待てよ。仮に取引がこじれて女社長が手を引くようなことになっても、植草はさほど困らないな。違約金をどこかで調達すれば、それで済むことだ。それに、佳奈は大変な興行収入をあげてるわけだから、多分、銀行も、快く金を貸すだろう。となると、植草が殺しの依頼人という推測は成立しないな。

指の先が熱くなった。

短くなった煙草を灰皿に捩《ひね》りつける。茶を啜《すす》って、なおも考えつづけた。

――『エコー企画』の関係者が殺された矢崎社長の恨みを晴らしたくて犯罪のプロを使い、女社長を殺害させたんだろうか。真由子に関しては殺しの動機があるが、おれを消そうとするのはおかしいな。『エコー企画』としては、むしろ裏切り者の佳奈のスキャンダルを暴いてやりたい心境のはずだ。

思考は空転するばかりだった。

――やっぱりウエットスーツの男たちは、真由子が雇ったんだろうか。男たちは何か思惑があって、女社長を裏切り、殺人を目撃したおれを殺そうとした。そんなふうにも、考えられなくはないな。しかし……。

田所は頭がこんがらかってきた。

いずれにしても、三村真由子の言っていたことが真実かどうか、確認する必要がありそうだ。間もなく正午になる。

田所は腰を上げ、テレビに歩み寄った。

部屋には、彼のほかは誰もいなかった。船長夫婦は少し離れた台所で、刺身をこしらえているはずだ。

テレビの電源スイッチを入れた。

NHKの総合テレビに、チャンネルを合わせる。まだ天気予報の時間だった。

田所は座卓に戻った。正午のニュースがはじまるのを待つ。

ほどなく画面から天気図が消えた。ニュースという文字が大きく映し出され、テレビカメラが中年の男性アナウンサーの顔を捉えた。

「昨夜、城ヶ島の沖合で水死体で発見された芸能プロダクションの社長、三村真由子さん、三十八歳の遺体が今朝《けさ》、司法解剖されました。その結果、死因は水中銃で胸部を撃ち抜かれたことによるショック死でした。死亡推定時刻は昨夜七時ごろから八時ぐらいの間とされています」

城ヶ島の海が映し出された。

「その後の調べによりますと、被害者の三村さんは昨夜七時ごろ、自分のクルーザーで油壺湾を出航した模様です。艇内にエアボンベが遺《のこ》されていることから、捜査本部では三村さんが碇泊中《ていはくちゅう》に何者かに襲われ、海に投げ込まれた後、水中銃で撃ち殺されたという見方を強めています」

アナウンサーは言葉を切って、感情の込もらない声でつづけた。

「なお船室の床には、引き裂かれた小切手が落ちていました。額面は一千万円で、振出人は『三村プロ』でした。そのことから、捜査本部では商談の縺《もつ》れか怨恨《えんこん》による計画的な殺人と見ています。次のニュースです」

画像が変わった。

破った小切手を始末してこなかったのは、迂闊《うかつ》だった。しかし、前科があるわけではない。捜査の手が伸びてくることはないだろう。

田所は立ち上がって、テレビの前まで進んだ。

ちょうどテレビの電源を切ったときだった。

障子戸が開き、船長が顔を見せた。両手で、刺身の盛り合わせを支えている。

「遅くなって、申し訳ねえ。いま、嬶《かかあ》が飯と吸い物を持ってくるからよ」

「豪勢な盛り合わせだな。それ、全部、今朝、網に入った魚ですか？」

「ああ。イナダにイサキにスズキ、それからカイワリ、コウイカってとこだな」

「うまそうだな。涎《よだれ》が出そうだ」

田所は座卓についた。

船長が刺身の盛り合わせを卓上に置いた。そのとき、船長の妻がやってきた。盆には、ご飯と吸い物が載っていた。

「田所さん、ごめんね。お腹、空《す》いたでしょ?」

盆の上のものを座卓に移しながら、船長の妻が詫《わ》びた。

「おばさん、客人扱いは困るよ。遊びに来にくくなるからさ」

「あんたは大事なお客さんだもの。うちのお父ちゃんは、あんたのことを息子みたいに思ってるんだから、粗末には扱えないわ」

「ばか、つまらねえことを言うんじゃねえ」

船長が顔をしかめて、妻を叱《しか》りつけた。

「何よ、無理しちゃって。あんたが死んだ恒雄《つねお》の代わりに田所さんをかわいがってることぐらい、ちゃんと知ってますよ」

「てめえ、失礼なことを言うんじゃねえ。田所さんが気を悪くするじゃねえか。田所さんとおれは、ただの友達同士さ。妙な思い入れなんかねえよ」

「恒雄君は残念なことをしたよね」

田所は口を挟んだ。老漁師はかたわらの妻と顔を見合わせて、しんみりとうなずいた。

「亡くなって、十年か十一年になるよね」

「今年で十二年目だよ」

「もうそんなになるのか」

「ばかな伜《せがれ》だよ。わざわざ大学を中退して、外人部隊の傭兵《ようへい》になんかなりやがって」

「……………」

「アフリカくんだりまで行って、死ぬなんて大ばかさ。それも、てめえでゲリラの仕掛けた地雷を踏みやがって。まったくドジな野郎だ。話になんねえよ」

「長生きするだけが人生じゃないですよ」

田所は言った。

日本人青年がアフリカの内戦で戦死したというニュースは、いたく衝撃的だった。当時、雑誌社に入って間がなかった田所は凄絶《せいぜつ》な青春を送ったひとりの若者に興味を覚えた。その烈《はげ》しい生き方を月刊誌で記事にしたかった。

田所の企画は編集会議ですんなり通った。

外部のライターは使わずに、編集部で記事をまとめることになった。田所は、その取材を任された。さっそく彼は、この家を訪れた。しかし、異国で散った青年の父親は頑として取材に応じてくれなかった。

田所は粘った。幾度も足を運んだ。それでも、相手の反応は変わらなかった。

十数度目の訪問のときだった。

船長が無言で、息子の日記帳と航空便の束を差し出した。玄関先だった。田所はそれを受け取り、黙って相手の無骨な手を握った。何か通い合うものを感じた。

船長は力強く手を握り返してきた。

記事になった後も、田所は時たま三崎を訪ねた。いつでも船長は快く迎えてくれた。そんなふうにして、船長とのつき合いがはじまったのだ。

「なんだか湿っぽい話になっちまったな。おい、ビール持ってこいや」

船長が妻に命じた。

ビールはすぐに運ばれてきた。

船長の妻は気を利かせたらしく、じきに席を外した。田所はご飯と吸い物を横にどけ、コップにビールを受けた。刺身をつつきながら、二人は飲みはじめた。

「刺身は、どうだい？」

ビールを呷《あお》ってから、船長が訊《き》いた。

「新鮮だから、最高ですよ。特にイナダがうまいね」

「獲《と》りたての魚も悪くないが、ほんとの刺身ってのは、死んで一日か二日経《た》った魚を捌《さば》くんだよ。そのころには硬直が解けて、身が軟らかくなってるからな。ことに白身の魚は、そうやって喰《く》ったほうがずっとうまいんだ」

「いいことを聞いたな。勉強になりました」

「おれがあんたに教えられることは、それぐらいさ」

「いや、教えられることばかりですよ」

「よせやい。それはそうと、里穂さんは元気かい？」

「ええ、元気です」

「もう半年近く、顔を見てねえな。そのうち、また連れて来いや」

「そのうちね」

「いずれ結婚するんだろ、あの娘《こ》と？」

「まだ当分は独身でいたいね」

「結婚は、人生の墓場ってわけか」

「それは結婚してみないと、何とも言えませんね。しかし、急ぐこともないんじゃないかな。まだ三十四だから」

「もう三十四だからって、言い方もあるぜ」

「確かにね」

田所は軽く笑った。

「ところでどうだい、もうひと晩泊まっていかねえか。当分、雨は止みそうにもないぜ。それに、その怪我《けが》だしな」

「昨夜《ゆうべ》、おばさんが手当てしてくれたんで、痛みはだいぶ楽になったんだ。せっかくだけど、もう少ししたら、お暇《いとま》します」

「そうかい。じゃあ、帰るときはボロ車で油壺まで乗せてってやらあ。あんたの車、ヨットハーバーに駐《と》めてあるんだろ？」

「そうです」

「まあ、飲もうや。何も急ぐことはねえやな」

船長がそう言って、ビールをなみなみと注いでくれた。

田所はひと息に飲み干した。

差しつ差されつしているうちに、卓上には十本近い空き瓶が並んだ。空きっ腹に飲んだせいか、さすがに酔った。

酔いが醒めるまで、帰るに帰れなかった。

老漁師とともに表に出たのは、午後四時過ぎだった。雨は激しく降りしきっていた。

船長が先に車の運転席に乗り込んだ。車はライトバンだった。

田所はテープの入ったＦＭ受信機を後部座席に投げ込み、助手席に身を沈めた。

船長の家は三崎港の近くにあった。油壺湾までは、それほど遠くない。

車がスタートした。

雨で視界が悪かった。船長は慎重にハンドルを操作した。

やがて、油壺のヨットハーバーが見えてきた。

さすがに人影は少なかった。

ＢＭＷは駐車場で雨に打たれていた。田所は目でイザベラ号を探した。見当たらなかった。横浜の第三管区海上保安本部に曳航《えいこう》されたままなのかもしれない。車が停止した。パーキングエリアの手前の路上だった。

「善さんには、助けられっぱなしだったな。そのうち、何かで埋め合わせをします」

「当てにしないで待ってらあ。それより、東京まで車を転がしていけるかい？」

「ゆっくり帰ります」

「そうかい。じゃあ、気をつけてな」

「いろいろありがとう。おばさんによろしく！」

田所は車を降りて、篠《しの》つく雨の中を走りだした。

ＢＭＷのすぐ手前で、彼は船長の車の中に録音機内蔵のＦＭ受信機を置き忘れてきたことに気づいた。ライトバンの方に引き返す。

船長が自分の車から降り、走り寄ってきた。ＦＭ受信機を手にしていた。

路上で向き合うと、田所は先に口を切った。

「申し訳ない」

「大事な物を忘れちゃいけねえな」

「まったくドジだね、おれって」

田所は苦く笑って、ＦＭ受信機を受け取りかけた。

そのときだった。背後で、高いエンジン音がした。田所は振り返った。すぐそばに、若草色のワゴン車が迫っていた。

「危ねえっ」

船長が叫んで、体ごとぶつかってきた。

田所はよろけた。衝突音が耳を撲《う》った。体に痛みは感じなかった。

「ぎゃっ」

船長が悲鳴とともに、宙高く舞い上げられた。

田所は無傷だった。船長が五、六メートル先の路上にどさりと落ちた。映画のスローモーション場面を目にしているようで、およそ現実感がなかった。

船長は俯《うつぶ》せに倒れていた。

首が奇妙な形に捩《ねじ》曲がっている。骨が折れたのか。

「善さん！」

田所は船長に駆け寄った。

船長の右側頭部は深く裂け、そこからポスターカラーのような血糊《ちのり》がどくどくと噴き上げていた。田所は船長の手首を取った。脈動は熄《や》んでいた。

顔を上げる。

船長を撥《は》ねたワゴン車は、姿も形もなかった。田所には、車のナンバーを見る余裕さえなかった。

ふと道路の端を見やると、ＦＭ受信機が転がっていた。皮肉にも、それはどこも傷《いた》んでいなかった。

——これは、絶対にただの轢《ひ》き逃げ事故なんかじゃない。きのうの三人組が、おれを消そうとしたんだ。善さんはおれを救おうとして、犠牲になってしまったんだな。

田所は髪を掻《か》き毟《むし》った。何かが胸に重くのしかかってきた。

船長の頭から流れ出る鮮血は夥《おびただ》しかった。血は雨滴に薄められながら、ゆっくりと路面の水溜《みずた》まりに流れ込んでいく。

野次馬が群れはじめた。

田所はＦＭ受信機を拾い上げ、自分の車の助手席に置いた。それからヨットパーカを脱いで、それを船長の体に被《かぶ》せた。

田所はパトカーが到着するまで、遺体のそばに立ち尽くしていた。雨の冷たさは少しも感じなかった。

## 2

ＢＭＷを停《と》める。

自宅マンションの地下駐車場だ。夜の十一過ぎだった。

田所はひどく疲れていた。駆けつけた交通巡査の事情聴取を受けた後、彼は船長の亡骸《なきがら》に付き添って三崎に逆戻りした。

船長の妻は夫が事故死したことを知ると、その場に頽《くずお》れてしまった。行きがかり上、田所は早々に引き揚げるわけにはいかなくなった。船長の身内に混じって、通夜の準備の手伝いをした。

しかし、夜通し死者のそばにいることはできなかった。そうしてやりたかったが、余りに辛すぎた。頃合《ころあい》を計って、そっと通夜の席を抜けた。そして、帰途についたのだ。

田所はFM受信機からテープだけを抜き、BMWから出た。地下駐車場で、エレベーターに乗った。

――なぜ、おれは東京に帰って来てしまったんだろう？　いくら善さんのそばにいるのが辛いからって、ちょっと薄情すぎる。善さんは、おれの身代わりに死んだんじゃないか！

田所は自分を詰《なじ》った。

エレベーターが停まった。最上階だった。

ホールに降りて、自分の部屋に向かう。足が重い。自己嫌悪感でいっぱいだった。

部屋に入る。

――ひと休みしたら、三崎に引き返そう。そして善さんが骨になるまで、しっかりと見届けるんだ。おれは逃げちゃいけないんだ。

田所は電灯を点け、ダイニングキッチンに歩《ほ》を運んだ。

冷蔵庫のドアを開けて、冷えた缶ビールを掴《つか》み出す。立ったまま、クアーズを呷《あお》った。飲まずにはいられなかった。

――善さんを轢き殺した奴らを必ず捜し出して、この手で裁いてやる！

田所は胸の奥で吼《ほ》え、二本目の缶ビールを取り出した。プルトップを引き抜いて、ダイニングテーブルの上に置く。椅子《いす》に腰を下ろしかけたときだった。

インターフォンが鳴った。

田所は玄関に向かった。ドアを開けると、大学生風の若い男が立っていた。

その男は、有名デパートの包装紙にくるまれた四角い箱を抱えていた。

「隣の副島《そえじま》さんにお届け物なんですが、お留守みたいなんですよ。預かっていただけませんか？」

「いいよ」

田所は気軽に届け物を預かった。

割に重かった。ガラス容器か何からしい。アルバイトらしい若い男は頭を下げると、足早に歩み去った。

田所は預かり物を玄関の靴入れの上に置いて、ダイニングキッチンに戻った。

そのとき、ふと若い配達員が認印もサインも求めなかったことを不審に感じた。訪ねてきた時刻も遅すぎる。

なんだか妙だ。

田所は玄関に走った。

預かった届け物には、宛名《あてな》カードが貼付《ちょうふ》されていなかった。十字にビニール紐《ひも》が掛かってるきりだった。

預かり物を持ち上げ、田所は耳を近づけてみた。かすかに針音のようなものが聞こえる。

――ひょっとしたら、この箱の中には時限爆弾装置が仕込まれてるんじゃないだろうか。

一瞬、田所は体が竦《すく》んだ。もう一度、耳をそばだててみる。

今度は、はっきりと針音が聞こえた。とたんに、心臓がすぼまった。

田所はソックスのまま、玄関から飛び出した。

歩廊を突っ走る。田所は立ち止まるなり、怪しい箱を眼下の中学校のプールめがけて投げ落とした。箱はほとんど垂直に落下し、うまくプールの中に沈んだ。

その数秒後だった。

プールから凄《すさ》まじい爆発音があがり、とてつもなく巨大な水柱が立った。夜目にも、水飛沫《しぶき》が鮮やかだった。

――やっぱり、あれは敵からのプレゼントだったか。

田所は身震いした。

大急ぎで、自分の部屋に駆け戻る。幸い、誰にも姿は見られなかったようだ。

――気づくのがもう少し遅かったら、おれの体は木端微塵《こっぱみじん》になってただろう。こうなったら、命懸《が》けで敵の正体を暴《あば》いてやる。むざむざと殺されてたまるかっ。

田所は拳《こぶし》を固めた。

怒りの底で、まだ恐怖感が揺れていた。田所はダイニングテーブルの椅子に坐ったものの、とてもビールを飲む気にはなれなかった。煙草を喫《す》う。

十分ほど経過すると、プッシュホンが鳴った。田所は仕事机に走り寄って、受話器を摑み上げた。

「ちぇっ、生きてやがったか」

男の声がそれだけ言って、電話は切れた。

# 3

苛立ちが募《つの》った。

夕方の青山通りは渋滞していた。数メートル走るごとに、ブレーキペダルを踏まなければならなかった。

船長が死んでから、十日後だった。

田所は、紀尾井町《きおいちょう》のオオトモ・ホテルに向かっていた。ホテルの十三階のエメラルドホールでは、『浅倉佳奈音楽事務所』のオープン記念パーティーが催されているはずだ。

慌てることはない。まだ、パーティーははじまったばかりだろう。

田所は、左手でダッシュライターを強く押し込んだ。肩の傷は、ほとんど癒《い》えていた。

ダッシュライターが鳴った。

ラークに火を点ける。二口ほど喫うと、急に前走車がスピードを上げた。

田所も加速した。ほどなく赤坂見附に差しかかった。左のウインカーを点滅させる。

交差点を左折して、外堀通りに入った。道路は割に空いていた。

険《けわ》しい坂道を登りきって、右に曲がる。閑静な住宅街を抜けると、眼前にオオトモ・ホテルが迫ってきた。超一流のホテルだ。

ホテルの広い駐車場に入り、田所はＢＭＷを停めた。

ドアをロックして、外に出る。いつの間にか、夜の色が深まっていた。ホテルに足を踏み入れた。

田所は十三階まで上がった。

エレベーターを降りると、耳に歯切れのいいビートがなだれ込んできた。佳奈の歌声もかすかに聴こえる。デビュー曲だった。曲名までは知らなかった。

田所は、奥のエメラルドホールまで進んだ。

出入口から場内を覗《のぞ》き込む。広いホールは、人々でごった返していた。七、八百人はいそうだ。酒や料理の並んだテーブルも埋もれがちだった。

左手の特設ステージで、派手な衣裳に身を包んだ佳奈が歌っている。

その後ろで、バックバンドが軽快なサウンドを奏でていた。すでに挨拶《あいさつ》や祝辞の類《たぐい》は終わっているようだ。

田所は、麻の白いジャケットの胸ポケットに手をやった。サングラスを抓《つま》み上げて、それをかける。佳奈の父親に顔を見られたくなかったからだ。

田所はホールに入った。

人いきれが頬《ほお》を撲《う》った。サングラスのレンズが、わずかに曇った。

田所は出席者の顔ぶれを確かめた。

マスコミ関係者や芸能界の人間に混じって、保守系政党の国会議員や名の売れた女優たちも詰めかけていた。気難しいことで知られているベテランの映画監督や売れっ子作曲家の顔もあった。

どういう関連があるのか、重厚な作風で人気を博した洋画家や歌舞伎《かぶき》役者などもいた。まさに、多士済々《たしせいせい》だった。

たいした人気だ。他人事ながら、何か田所は嬉しかった。

「水割りでよろしいかしら？」

和服姿のコンパニオンが近寄ってきて、笑顔で訊いた。田所は小さくうなずいた。コンパニオンは、すぐに飲みものを運んできた。田所は礼を言い、タンブラーを受け取った。スコッチ・ウイスキーの水割りだった。

いつかステージのナンバーは変わっていた。

佳奈は派手なボディーアクションで、明るいラブソングを歌っていた。歌詞は陳腐で、稚《おさな》かった。歌のまずさを16ビートの速いリズムで補っている。

ステージの袖《そで》に、白いタキシード姿の植草利直が立っていた。司会を務めているらしかった。どことなく自信に満ちている。

水割りを半分ほど喉《のど》に流し込んだときだった。

田所は、誰かに背中を突かれた。振り向くと、内山陽太郎がグラスを片手に立っていた。

「やあ、どうも！」

田所は親しい芸能レポーターに笑いかけた。

「いつ来たんだい？」

「たったいまですよ。そちらは？」

「おれは最初からいたんだ。料理を喰いすぎて、ちょっと苦しいよ。こんな所でがつがつ喰うと、お里が知れるんだが、忙しくて飯を喰う暇もなくってね」

「結構なことじゃないですか」

「あれっ、意外なお客さんだ」

ホールの出入口に視線を当てていた内山が、不意に驚きの声をあげた。その声に誘われて、田所は出入口に目をやった。

二人の男が入ってくる。

片方は見覚《みおぼ》えがあった。佳奈の独立記者会見のとき、田所に鋭い視線を向けてきた白いダブルスーツの男だ。筋者らしい男は、きょうは黒っぽい背広を着ていた。

連れの男は、初めて見る顔だった。

四十六、七歳だろうか。押し出しがよく、事業家ふうに見えた。その男は口髭《くちひげ》をたくわえていた。
「誰だい、口髭を生やしている人物は？」

田所は小声で訊《き》いた。

「だいぶ前に潰れた『ペガサス音楽事務所』の社長だった男だよ」

「『ペガサス音楽事務所』っていうと、確か植草が『エコー企画』に移る前に勤めていた芸能プロでしょ？」

「そう。彼、いまは刈谷総業《かりやそうぎょう》って会社をやってるんだ」

「どんな会社なの？」

「不動産やゴルフ会員権の売買をしてるって話だが、やっぱり、芸能の仕事に未練があるみたいだな。こういうパーティーに来るところを見るとね」

「彼の名は？」

「刈谷正道《まさみち》だよ。いろいろ危《ヤバ》い噂《うわさ》のある男だから、おれはあまり近づかないことにしてるんだ」

「暴力団と繋がってるのか？」

「それだけじゃないんだ。刈谷は右翼の大物の自宅に出入りしてて、政治家とも深い繋がりがあるんだよ。ま、利権屋だな」

「そう」

田所は、二人の男を目で追った。

男たちは中央のテーブルの前にたたずんだ。

テレビ関係者らしい出席者が愛想笑いを浮かべながら、口髭の男に近づいていく。その男は刈谷正道に何か語りかけ、深々と頭を垂れた。

刈谷は鷹揚《おうよう》にうなずき、相手の肩を叩《たた》いた。

手の甲に牡丹《ぼたん》の刺青《いれずみ》のある男が刈谷のすぐ脇《わき》に立って、忙《せわ》しく周囲に目を配っていた。どうやら男は、きょうは刈谷の用心棒を務めているようだ。

──あの男、佳奈の独立記者会見のときは植草のガードをしてる感じだった。あいつはフリーの用心棒なんだろうか。それとも刈谷があの日だけ、あの男を植草に回したのか。どっちにしても、植草はいまも刈谷と縁が切れてないようだな。

田所は、佳奈のマネージャーに視線を注いだ。

ステージの脇にいる植草は刈谷たちには気づいていないのか、中央のテーブルには視線を向けようとしない。

「植草君、きょうは張り切ってるな」

ステージを見ながら、内山が言った。

「彼は、新事務所では役員になるらしいじゃないですか」

「そうだってな。それにしても、熱心だよなあ。植草君は、グロリアホテルの事務所にずっと泊まり込んでるって話だぜ」

「だいぶ燃えてるようだな」

「佳奈が独立宣言してからは、彼、練馬の自宅には一度も帰ってないみたいなんだ」

「それは知らなかったな」

「そのうち植草君は、奥さんと別れるんじゃないかな」

「夫婦仲がうまくいってないんですかね？」

「植草君が佳奈にあれだけ入れ揚げてりゃ、女房だって、面白くないだろうさ」

「そうかもしれないな」

「大きな声じゃ言えないが、植草君と佳奈はもう他人じゃないって噂が流れてるんだ」

「ただの噂じゃないのかな。タレントとマネージャーは四六時中べったりしてるから、誤解されやすいでしょ？」

「いや、スポーツ紙の芸能記者が、植草君が代々木上原《よよぎうえはら》にある佳奈のマンションを深夜にしばしば訪ねてるとこを見てるんだよ。そういうときは、きまって寝室の明かりが二時間ばかり消えるって言うんだ。あの二人は、もうデキてるな」

「そうなんだろうか」

田所もそう感じていたが、あえて疑問を投げかけるような言い方をした。噂を認めるのは、何か辛い気がしたからだ。

「植草君は、なかなか利口だよ。佳奈を虜《とりこ》にしちゃえば、自分の思い通りにやれるからな。佳奈はもちろん、彼女の親父《おやじ》さんだって、この業界のことはあまりよく知らないんだ。だから、やりたい放題さ」

「週刊誌で読んだんだが、エコー企画の矢崎社長の未亡人が佳奈の独立を認めないって訴訟を起こしたでしょ？」

「ああ」

「その後、どうなってるんですか？」

「あれは、もうケリがついたよ。未亡人が五億の違約金を受け取って、和解が成立したんだ」

「それ、いつのことなんです？」

「きょうの昼前だよ。夕刊に、そのことが載ってる」

「大騒ぎした割には呆気《あっけ》ない幕切れだな。さては、誰かフィクサーが乗り出したようですね」

「いい勘してるじゃないか」

「その五億円は誰が工面したんでしょう？　佳奈の親父さんか、植草かな」

「そんな大金、どっちも用意できるわけないよ」

「そうかな。浅倉佳奈はえらく稼いでるみたいだから、銀行も金を貸すんじゃないですか?」

「銀行は、それほど甘くないって。タレントの人気なんてものは流動的だから、当てにならないからな。半年、一年先には、どうなってるかわからない。いま現在、やたら稼いでるからって、無担保でそんな大金を貸すわけないさ。佳奈の西永福の実家は、借家なんだよ」

「そうなんですか。となると、誰か投資家というか、スポンサーが五億円を……」

「おれは『三村プロ』がスポンサーだと睨んでるんだ」

内山が田所の耳許で囁《ささや》いた。田所は、すぐに問いかけた。

「何かそれを裏づけるものがあるの?」

「これはまだ未確認の話なんだが、あそこの女社長が自分名義の貸ビルを抵当に入れて、三協銀行からちょうど五億借りてたらしいんだ」

「違約金と同じ額ですね」

「ああ。だから、な!」

内山が片目をつぶった。

——やっぱり、スポンサーは三村真由子だったのか。彼女が殺される前におれに喋《しゃべ》ったことは、嘘《うそ》じゃなかったんだな。

田所は、水っぽくなった水割りウイスキーを飲み干した。

「おれ、ほかに回る所があるんだ」

「相変わらず、ご多忙ですね」

「貧乏隙《ひま》なし、でな。そのうち、ゴールデン街で夜明かしで飲もうよ。それじゃ、また！」

内山が慌《あわ》ただしくホールから出ていった。

田所は通りかかったコンパニオンを呼びとめ、新しい水割りをもらった。タンブラーを傾けながら、刈谷たちを観察しつづける。

男たちは、植草には目をくれようとしない。刺青の男が一度ホールから出ていったが、十分ほどで戻ってきた。

そのほかは別段、怪しい動きは見せなかった。

三十分ほど経ったころ、刈谷たち二人が帰る気配を見せた。田所は二人の後を尾《つ》ける気になった。

男たちが出入口に足を向けた。

飲みかけの水割りを近くのテーブルに置いて、田所は彼らの後を追った。ホールを出ると、刈谷たちはまっすぐエレベーターホールに向かっていた。
五、六メートルの距離を保ちながら、田所は尾行した。

ほどなく刈谷たちが立ち止まった。

エレベーターホールだった。人影は疎《まば》らだ。田所は足を止めた。

一分足らずで、エレベーターがきた。刈谷と用心棒らしい男が乗り込む。

田所は迷った。サングラスをかけているとはいえ、彼らと同じケージに乗るのは危険な気がした。さりとて次のエレベーターを利用したら、刈谷たちを見失ってしまう。

田所は走りだした。

扉の閉まる直前に、ケージに飛び込む。

刈谷たちは、すぐそばにいた。田所は、さりげなく彼らに背を向けた。ひどく落ち着かなかった。

エレベーターが動きはじめた。

八階で停まった。

ホテルの客が数人先に降り、刈谷たちがそれにつづいた。田所は一拍置いて、エレベーターから出た。

その瞬間、だしぬけに誰かが体当たりしてきた。

田所はエレベーターの中に押し戻される恰好になった。黒いスポーツキャップを被った若い男が、目の前に立ちはだかっていた。チンピラぽかった。

「どいてくれ。降りたいんだ」

田所は言った。

そのとき、男の背後で扉が閉まった。同時に、スポーツキャップを目深《まぶか》に被った男が腰のあたりから匕首《あいくち》を摑み出した。

刺客だろう。田所は後退した。

男が体ごとぶつかってきた。とっさに田所は、右に身を躱《かわ》した。男が壁にぶち当たり、小さく呻《うめ》いた。

田所は振り向きざま、横蹴《げ》りを放った。空気が縺《もつ》れ合う。

男が膝《ひざ》をついた。床が濁った音をたてる。

田所は、相手の腰と尻《しり》を思うさま蹴りつけた。男の右手から刃物が零《こぼ》れ落ちた。

匕首を蹴りつけて、田所は男の肩を摑んだ。

引き起こすなり、顔面を殴りつけた。ショートフックだった。肉と骨が鳴った。

男がよろけ、壁に凭《もた》れた。

口許が赤い。唇を切ったようだ。スポーツキャップの鍔《つば》は、横向きになっていた。

田所は男の脇腹を蹴った。靴の先が深くめり込んだ。男が体を丸めて、うずくまった。

「誰に頼まれた？」

床の匕首を踏みつけながら、田所は声を張った。

男は口を利かなかった。喘《あえ》いだきりだ。

エレベーターが停止し、扉が左右に割れた。

三階だった。白人の中年カップルが乗り込んできた。宿泊客だろう。

栗色《くりいろ》の髪の女が床の男を見て、大仰な悲鳴をあげた。

連れの男が田所を見据え、何か早口でまくしたてた。ドイツ語だった。どうやら男は、田所の暴力を咎《とが》めている様子だ。

田所は弁明した。

ブロークン・イングリッシュは、相手によく通じないようだった。ドイツ語は挨拶の言葉しか知らない。田所は困惑した。

ドイツ人と思われる男の表情が一段と険しくなった。

何を思ったか、白人女性が非常用ボタンを押した。閉まりかけた扉が速《すみ》やかに開いた。

そのとき、スポーツキャップを被った男が這《は》ってホールに逃れた。

「待て！」

田所は男を追う気になった。すると、ドイツ語を喋る男が腕を伸ばしてきた。田所は、二の腕を摑まれた。相手の力は強かった。

「逃げた男は殺し屋なんだ。放してくれ！」

田所は英語で言った。それでも、白人男性は手を放そうとしない。仕方ない。田所は体の向きを変え、相手の股間《こかん》を膝で蹴り上げた。急所を直撃したらしい。白人の男が両手で股間を押さえて、その場に屈《かが》み込んだ。連れの女が、また悲鳴を放った。

素早く田所はケージから出た。スポーツキャップの男の姿は、どこにもなかった。

――とんだ邪魔が入ったもんだ。ホテルの従業員が駆けつけてくると、面倒なことになるな。

田所は廊下を走った。

非常階段を一階まで駆け降りる。誰にも見咎められなかった。

逃げた男は、例の三人組のひとりなのか。

田所はホテルのロビーを出て、駐車場の自分の車に歩み寄った。

――パーティー会場では植草と話すチャンスがなかったが、あいつに確かめたいことがいろいろある。後で、グロリアホテルの仮事務所に行ってみよう。それまで、ここで張り込んでみるか。ひょっとしたら、刈谷たちかスポーツキャップの男が姿を見せるかもしれない。

田所はＢＭＷに乗り込んだ。

それから三時間近く粘ってみたが、ついに敵は現われなかった。別の出口から逃げたのだろうか。
ひとまず諦《あきら》めて、グロリアホテルに行ってみることにした。
田所は車のエンジンを唸《うな》らせた。

# 4

何度かノックをした。
だが、応答はなかった。『浅倉佳奈音楽事務所』だ。グロリアホテル内である。
田所は念のため、ドアに耳を押し当ててみた。人の動く気配が伝わってくる。
もう一度、拳《こぶし》でドアを叩く。
遠くで、返事があった。植草の声だ。ややあって、彼がドア越しに確かめた。
「どなた？」
「………」
わざと田所は、言葉を発しなかった。植草の反応を探《さぐ》りたかったからだ。
ドアを挟んで、沈黙のせめぎ合いがあった。
唐突にドアが内側に吸い込まれた。
一瞬、田所は身を硬くした。植草は右手に拳銃を握っていた。

デトニクスだった。45口径ながら、銃身とグリップが非常に短い。米軍用ピストルのコルト・ガバメントのコピーモデルの一つだ。

全長十七センチほどしかない。インサイドホルスターを使えば、まず拳銃を所持しているとは他人に覚《さと》られないだろう。

「物騒《ぶっそう》な物を持ってるんだな」

「どうも失礼いたしました。あなただとは思わなかったものですから」

植草が詫びて、自動拳銃《オートマチック》を背に隠した。ホテルの寝巻きをだらしなく着込んでいた。髪も乱れている。室内は薄暗かった。

「ちょっと話があるんだ」

田所は言った。

「急を要するお話でしょうか？」

「まあね」

「それでは、下のバーでお待ちいただけませんか。ちょっと取り込み中なんですよ」

なぜか植草は、うろたえ気味だった。

数秒後、奥の部屋から女の声が響いてきた。

「利直さん、誰なの？」

「う、うむ」

植草が返答に詰まった。声の主は、紛《まぎ》れもなく佳奈だった。アイドルはベッドの中にいるらしい。

「二人のことは誰にも喋らないよ」

田所は小声で植草に言った。

「知ってらしたんですか⁉」

「少し気をつけたほうがいいな。そっちが代々木上原のマンションを夜更けに訪ねてるとこをスポーツ新聞の芸能記者が目撃してるそうだから」

「それ、内山先生からの情報ですか？」

「さあ、誰から聞いたんだっけな。とにかく、少し用心するんですね」

「気をつけてはいたんですが……」

「そっちに、いろいろ教えてもらいたいことがあるんだ」

「どんなことです？」

「彼女に聞かれたくない内容なんだよ」

「わかりました。佳奈にできるだけゆっくりと髪を洗うよう言ってきます」

植草が奥の部屋に戻っていった。

田所は部屋に入り、勝手に応接ソファに腰かけた。リビングスペースをオフィスに使っているようだ。スチール製の事務机が四卓、向き合う恰好《かっこう》に置かれている。壁には、佳奈のスケジュール表が貼《は》ってあった。

ラークをくわえたとき、奥の寝室から佳奈が現われた。彼女も、ホテルの寝巻きをしどけなく着ていた。

「野暮なことをしたみたいだね」

田所は言った。

「まずいとこ、見られちゃったな。まさに進行中だったのよね。といっても、まだ前戯の段階だったんだけど」

「心配することはない。おれは、死んだ平松とは違う」

「だけどさあ、田所さんは内山先生と親しいんでしょ？　わたし、ちょっとビビっちゃうな」

「きみらのことは口外しないよ」

「約束してくれる？」

「ああ」

「じゃあ、指切りして」

佳奈が無邪気に言って、スキップのような足取りで近寄ってくる。歩《ほ》を運ぶたびに裾《すそ》が大きく乱れ、白い脚がちらついた。アイドル歌手の脚は、まだある種の硬さを残していた。

佳奈が細い小指を差し出した。田所は苦笑して、小指を絡《から》めた。

「指切り拳万《げんまん》、嘘ついたら、針千本のーます」

手を振り動かしながら、佳奈は幼女のようにあどけなく歌った。

――十九といっても、この娘《こ》はまだ稚《おさな》いんだな。植草のような野心家にのめり込んでしまって、大丈夫なんだろうか。

田所は、それが気がかりだった。

「ほんとに約束を守ってね」

「ああ」

「もし約束を破ったら、あたし、田所さんを殺しちゃうから」

佳奈は上目遣《うわめづか》いに睨《にら》んでから、絡めた指を解いた。それから彼女は、ドアの近くにある浴室にまっすぐ歩いていった。

そのすぐ後、奥の部屋から植草が姿を見せた。

寝巻き姿ではなかった。ベージュのスラックスを穿《は》き、縞模様《しまもよう》のワイシャツをまとっていた。なぜか植草は、仔牛《カーフ》の札入れを手にしていた。田所は訝《いぶか》しく思った。

「一万円札が三十五、六枚入ってます。お好きなだけ、お取りください」

植草はソファに坐るなり、札入れを差し出した。

「口止め料のつもりかい？」

「ええ。足りないようでしたら、明日にでも不足分をお渡しします」

「やめてくれ。そんなもの、いらない」

「しかし、貰《もら》っていただかないと、こちらが不安なんです」

「これでも口は堅いつもりだ。財布は引っ込めてほしいな」

「しかし、田所さん……」

「引っ込めるんだっ」

田所は語気を強めた。植草がたじろぎ、仔牛の札入れをスラックスのヒップポケットに滑り込ませた。

「ほんとに、よろしいですか?」

「おれは堅気だぜ。それはそうと、きょうのパーティーは大盛会だったじゃないか」

「田所さんも来てくださったんですか。気づきませんでした」

「忙しそうだったんで、わざと声をかけなかったんだ」

田所は言い繕《つくろ》って、煙草に火を点けた。

「声をかけてくだされぱよかったのに」

「それよりも、おれの質問に正直に答えてくれないか。単刀直入に訊くが、あんた、殺された三村真由子と取引をしたよな?」

「取引って、なんのことです?」

「とぼけるなよ。あんたが『三村プロ』の女社長とつるんで、佳奈を強引に独立させたことはわかってるんだ」

「そ、そんなこと……」

植草は目を逸《そ》らした。

「『エコー企画』の矢崎未亡人に払った違約金は、三村真由子が肩代わりしたんだろう？　女社長が自分名義の貸ビルを担保にして、三協銀行から五億円借りたことまでわかってるんだぜ」

「そこまで、ご存じだったんですか。しかし、田所さんは誤解してますね。わたし、三村社長からお金は借りなかったんです」

「どういうことなんだ？」

「わたしは『三村プロ』の傘下に入る条件で、女社長から違約金の五億を引き出すつもりでした。でも、わたしはあの女社長にうまく利用されてたんです」

「もっと詳しく話してくれないか」

「はい。わたしは新事務所を独立採算制で任せてもらえる約束をとりつけてたんですが、佳奈が『エコー企画』を離れたとたん、三村真由子は自分の会社の経理部長を新会社の社長に据えると言い出したんですよ。あの女社長は実際、狡猾《こうかつ》な女です」

「それで揉《も》めたんで、あんたはウエットスーツの男たちを雇って、三村真由子を水中銃《スピアガン》で撃ち殺させたんじゃないのか？」

「田所さん、何を言い出すんですっ。わたしは天地神明《てんちしんめい》に誓って、そんなことは絶対にやらせてません」

「ほんとだね？」

「ええ」

「それじゃ、誰が女社長を殺《や》ったんだっ。あんた、知ってるんだろ？」

「知りませんよ。ただ、わたしは『エコー企画』の誰かが三村社長に復讐《ふくしゅう》したんじゃないかと思ってるんです。『エコー企画』の矢崎社長は、わたしの背後に三村社長がいたことを見抜いてたようですからね。わたし自身も、危うく命を落とすところでした」

「何があったのかな？」

「あれは、佳奈の独立記念会見をやった日の夜のことでした。何者かが、わたしの車のブレーキオイルを抜いたんですよ」

「作り話じゃないだろうな」

「ほんとの話です。走りだして間もなく、わたしはブレーキがおかしいことに気がついたんです」

「それで？」

「とっさにシフトダウンして、極力、ゆっくりとハンドブレーキを引いたんです。そうしたら、車はうまく停まってくれました。あのとき、慌ててハンドブレーキを一気に引いてたら、おそらくワイヤーが切れて、わたしは大事故を起こしてたでしょう。あれも『エコー企画』の関係者の仕業にちがいありません」

「それじゃ、矢崎社長は誰が消したんだ？」

田所は喫いさしの煙草を灰皿に捩《ねじ》りつけて、鋭く問いかけた。

「これも想像ですが、三村真由子が誰か殺し屋《プロ》にやらせたんだと思います。彼女はわたしと結託してることを矢崎社長に嗅《か》ぎつけられるのではないかと、とてもびくついてましたからね」

「矢崎に嗅ぎつけられたら、あんたも困るんじゃないのか？」

「困ることは困りますが、女社長ほどは深刻じゃありませんでした」

「どうして？」

「約束を反古《ほご》にされた時点で、わたしは三村真由子とは手を切る気持ちを固めてたからですよ。事実、密かに『エコー企画』に支払わなければならない違約金を肩代わりしてくれるスポンサーを探しはじめてたんです」

「あんたは、倒産した『ペガサス音楽事務所』の元社長に相談したんじゃないのか？」

「えっ」

植草が絶句した。

「刈谷正道が新しいスポンサーってわけか」

「違いますよ。『ペガサス音楽事務所』が潰れてからは、わたし、あの人には一度も会ってません。第一、刈谷氏はそんな大金なんか用意できませんよ。まだ前の会社の負債がだいぶ残ってるって噂ですからね」

「じゃあ、新しいスポンサーは誰なんだ？」

「それは、ちょっとお答えできません。相手の立場もありますんでね」

「まあ、いいさ。話を前に戻すが、あんたは、いまは刈谷とはつき合いがないと言ったね？」

「はい」

「その刈谷正道が、きょうのパーティーに来てたのはどういうわけなのかな？」

「ほんとですか⁉　まったく気がつきませんでした。いったい誰が、刈谷氏に案内状を出したんだろう？」

「あんたが招《よ》んだんじゃないのか。刈谷は、あんたの知人と一緒だったんだ」

田所は言った。

「知人って、誰のことです？」

「独立記者会見のとき、あんたに影のように寄り添ってた男だよ」

「誰のことだろう？」

「手の甲に、刺青のある筋者さ」

「そう言われても、わたしには思い当たる人物はいませんねえ」

植草は、しきりに首を傾げてみせた。だが、その目は落ち着きを失っていた。

――この野郎、しらばっくれやがって！

田所は肚《はら》の中で罵《ののし》った。

沈黙が落ちた。浴室からシャワーの音と佳奈のハミングが流れてきた。少し経つと、植草が先に口を開いた。

「田所さん、わたしを助けてください」

「どういうことだい？」

「実はわたし、誰かに狙《ねら》われてるんです。ここに毎晩、佳奈から手を引けっていう脅迫電話がかかってくるんですよ。もちろん、相手は名乗りません」

「脅迫電話か」

田所は、植草の顔を見た。何かに怯《おび》えていることは嘘ではなさそうだ。

「それでわたしは怖くなって、さっきの拳銃を護身用にその筋の者から譲ってもらったんですよ。さっきあなたが見えたときも、てっきり誰かが襲撃してきたと思ったものですから、あのような失礼なことをしてしまったんです」

「敵の見当は、だいたいついてるんじゃないのか?」

「それが、どうもはっきりしないんです。『エコー企画』の線も『三村プロ』の線も考えられるんですよ。『エコー企画』は和解したとはいっても、まだ多少の不満はあるでしょうしね」

「フィクサーが強引なやり方で、和解に応じさせたんじゃないのか?」

「いいえ、そういうことではなく、浅倉佳奈という金の卵を引っさらわれたという恨みですよ。『三村プロ』の方は、わたしが途中でスポンサーを乗り換えたということで逆恨みしてるかもしれません」

「なるほど」

「それから、これはちょっと考えすぎかもしれませんが、女房がわたしを狙ってるとも思えなくもないんです」

「奥さんがどうして?」

「女房は、佳奈と別れなければ、わたしを殺すと言ってるんです。わたしが何度頭を下げて頼んでも、家内は離婚に応じてくれないんですよ」

「そう」

「わたしは真剣な気持ちで、佳奈とやり直したいと考えてるんです。あの娘《こ》も、わたしについてきてくれると言ってます。しかし、女房が別れてくれなければ、わたしは佳奈を妻として迎えてやることができません」

植草が嘆いた。

――この男は、本気で佳奈に惚《ほ》れちまったんだろうか。いや、どうも嘘っぽいな。恋情よりも、打算の方が強いはずだ。しかし、待てよ。そう決めつけてしまうのは、ひょっとしたら、間違いかもしれない。

田所には、植草の感情がよく読み取れなかった。

「わたしを狙ってる人間を突きとめてもらえませんか？　できるだけのお礼は、させてもらうつもりです」

「そういう相談には応じられないな」

「三百万、いえ、五百万差し上げます。ですから、どうか力になってください。このままでは、わたしはいつか誰かに殺されてしまいます」

「そんなにびくつくことはないだろうが。あんたには、デトニクスという強い味方がついてるんだから。アメリカの射撃場で実射したことがあるが、なかなかいいハンドガンだったよ」

「あなたは、わたしに人殺しをやれと言うんですか⁉」

「生き延びたいんだったら、黙って殺されることはないな」

「そ、そんな」

「デトニクスをぶっぱなすときは手首に鋭い反動《キック》がくるから、気をつけるんだね。下手をすると、手首の骨を折るぜ」

田所はソファから腰を浮かせた。

植草はうなだれて、彫像のように動かなかった。

――たとえおれが佳奈に意見をしても、あの娘《こ》は植草と別れないだろう。佳奈がおれの妹だったら、ああいう危険な男とは力ずくでも別れさせるんだがな。

田所は佳奈の鼻歌を浴室のドア越しに聴きながら、静かに部屋を出た。

# 第六章　狩人《かりゅうど》は眠らない

## 1

梅雨が明けて、すでに久しい。

七月も、あと数日を残すだけだった。なぜだか、敵の影は遠のいていた。

ここ一カ月近く、田所は原稿の執筆に追われていた。単行本の書き下ろしだった。実際に起こった保険金殺人事件を題材にした長編ドキュメントである。

義理の絡む仕事だった。

担当編集者には何かと世話になっていた。依頼を断るわけにはいかなかった。

一連の殺人事件のことが気にかかっていたが、田所は調査を中断せざるを得なかった。それでも、やはり気になった。田所は週に一、二度、毎朝タイムズの有村に電話をして、各捜査本部の動きを探ってもらっていた。

しかし、どこも捜査は難航しているようだった。新しい手がかりは何も得られなかった。田所が依頼原稿の最終章を書いていると、仕事机の上のプッシュホンが鳴った。

深夜だった。すぐに受話器を取った。だが、なぜか発信者は何も喋《しゃべ》ろうとしない。息を吐く音だけが伝わってきた。

敵の脅迫電話だろうか。

田所は、いくぶん緊張した。

「わたし、浅倉佳奈です。田所さんでしょ？」

「そうだが、ほんとに佳奈ちゃんかい？」

「うん、そう」

まさしく佳奈の声だった。田所は、すぐに問いかけた。

「ここの電話番号、よくわかったね。誰から教わったのかな？」

「利直さんの名刺入れの中に、田所さんの名刺が入ってたの」

「それでか。で、何か急用かい？」

「利直さんが大変なことになったの。田所さん、力になって！」

急に佳奈が興奮した声で口走った。

「いったい何があったんだ？　落ち着いて話してごらん」

「う、うん。きょうの夕方、文京シビックホールで歌番組の公開収録があったのね。その帰りのことなんだけど、わたしと利直さんが駐車場に向かって歩いてたら、急に物陰から若い男が飛び出してきて、刃物で彼の右の太腿《ふともも》を刺して逃げてったの」

「ナイフの男は、どんな奴だった？」

「とっさのことだったんで、顔はよく見なかったけど、特攻服みたいなのを着てた。あっ、それからね、頭はスキンヘッドだったわ」

「頭をつるつるに剃《そ》ってたんだね？」

「そう。ヤー公の下っ端の奴がよくやってるでしょ？　あれよ」

「わかるよ。その先のことを話してくれないか」

「うん。利直さんの出血がひどかったんで、わたしたち、楽屋に戻ろうとしたの。そしたら、どこからか、お医者さんだっていう男が吹っ飛んできて、『近くにわたしの病院があるから、手当てしてあげよう』って言って、そのおじさん、利直さんを強引に自分の車に乗せちゃったのよ」

「それで？」

「ほんとはわたし、利直さんと一緒に病院に行きたかったんだけど、その後、雑誌社のインタビューを受けることになってたのね。だから、そのおじさんに名刺を貰《もら》って、利直さんのことを頼んで、あたしはひとりでタクシーで雑誌社の人と約束してた場所に行ったの」

「それから？」

田所は先を促した。

「インタビューが終わってから、わたし、名刺のおじさんの病院に駆けつけたの。そのときは、もう彼の手術は終わってた。でも、利直さんの様子が変だったのよ」

「どんなふうに？」

「利直さん、意識不明のままでベッドに寝てたの。わたしが揺すっても、全然、反応がなかったわ」

「刺されたのは右の太腿だけなんだろう？」

「うん、そうよ。なんかおかしいなって思ったから、医者だっていうおじさんのところに行ったの。おじさんは病院の院長だったわ」

「院長は、きみに植草氏のことをどう説明した？」

「太腿の神経が切断されてたんで、それを繋いでから、傷口を縫合したって言ってた。その縫合手術中に利直さんが原因不明の高熱を出して、昏睡《こんすい》状態に陥ったって言ってたわ。このまま熱が下がらなかったら、利直さんは脳神経を冒《おか》されて、植物状態になっちゃうかもしれないんだって」

佳奈の語尾が湿った。

――植草を襲わせたのは、『エコー企画』の関係者なのか。それとも『三村プロ』の仕業か。あるいは彼の細君が誰かに命じて……。

田所は自問した。

「わたし、なんか納得できなかったから、実家に電話をして、すぐ父に病院に来てもらったの」

「それで、どうした？」

「父はベッドの利直さんを見てから、わたしに『手術中に急に高熱が出たというのは、おかしいよ。もしかしたら、何か医療事故があったのかもしれないぞ』って言ったの。あたしもそんな気がしたんで、父と一緒に、もう一度、院長のとこに行ったのよ」

佳奈が言った。

「院長は、どう言ってた？」

「父が手術中に麻酔ミスか何かがあったんじゃないかって訊いたら、院長は麻酔の方法や薬剤の量には絶対にミスはなかったと言い張ったわ」

「そうか」

「ただ、手術中に利直さんの体温が急激に上がったことにすぐ気づかなかった点については責任を感じてるから、謝罪したいって。それからね、入院費はいっさいいただきませんとも言ってたわ」

「それで、親父さんときみはどうしたんだい？」

「院長が医療ミスなんかなかったと言うんだから、わたしたちは引き下がるほかなかったわよ。だけど、このままじゃ、あたしは納得できないわ」

「そうだろうな」

　田所は相槌《あいづち》を打った。

「証拠があるわけじゃないけど、きっと何かミスがあったんだと思うわ。父も弁護士に相談してみるなんて言ってたけど、田所さん、調べてみてくれない？」

「力になってあげたいが、いま、急ぎの原稿を抱えてるんだよ。だから、すぐには動けないんだ。二、三日で片づくと思うから、そのあとだったら……」

「すぐじゃなくてもいいから、医療ミスがあったかどうか、調査してみて！　あたし、利直さんが病院側のミスで植物人間にさせられたら、絶対に赦《ゆる》せないっ」

「それは当然だよ」

「どんなことをしても、告発してやるわ。たとえ人気が落ちたって、かまわない。あたし、利直さんのために、何かしてあげたいのよ。ねえ、わかって！」

　佳奈が叫ぶように言った。彼女の憤りと悲しみが、田所の胸にひしひしと伝わってきた。彼は意を決して、佳奈に告げた。

「よし、手術ミスがあったかどうか調べてやろう」

「ほんとにやってくれる？」

「ああ、引き受けた。高校のときの先輩に外科医がいるから、いろいろ下調べをして、それから調査に取りかかるよ」

「お願いね」

「さっそくだが、病院の名前を教えてくれないか」

「湯浅《ゆあさ》外科病院ってとこ。住所はね、文京区本駒込……」

佳奈は、名刺を読んでいるようだった。田所はメモを執《と》って、さらにたずねた。

「院長の名前は？」

「湯浅春生《はるお》って、名刺に印刷されてるわ」

「手術に立ち会った病院の関係者はわかるかな？」

「何かの役に立つと思って、一応、メモしてきたから、わかるわ。えーと、執刀医が湯浅院長で、麻酔医が土居則幸《どいのりゆき》という先生。それから、看護師は伊坂弥生《いさかやよい》という女性《ひと》よ」

「メモしたよ」

「そうそう、あたしが最初に病院に駆けつけたときねえ、利直さんの奥さんが病室にいたの。でもさあ、彼女ったら、ちっともショックを受けてる感じじゃなかったわ」

「妙だな、それは」

「あんまり薄情だから、あたし、奥さんを怒鳴りつけてやったの。そしたら、あの女、あたしと利直さんのことを大声で喚《わめ》きだしたのよ。あたしのことを泥棒猫とか何とかってさあ。頭にきちゃった」

佳奈は腹立たしそうだった。

「まずい所で鉢合わせしたな」

「こっちは、へっちゃらよ。利直さんは、わたしの方を選んでくれたんだから。それにしてもさあ、あの女、最低よ。病室で、奪《と》ったの、奪《と》られたの、なんて話をしてる場合じゃないでしょ？」

「そうだな」

「あの女、ほんとは利直さんがどうなってもいいと思ってるのよ。彼を愛してるんだったら、あんなに平然と意識不明の旦那《だんな》を見ていられるはずないわ。あの女、汚いわよ」

「汚いって、どういう意味なんだい？」

「利直さんから聞いたんだけどさ、あの女、自分も浮気してるらしいのよ。好きな男がいるんだって」

「そうか」

「あの調子じゃ、あの女はきっと病院側にうまく丸め込まれちゃうわ。あたし、それが心配なの」

「急ぎの原稿を書き上げたら、とにかく調査に乗り出すよ」

田所はそう約束して、電話を切った。

それから三日間、原稿の執筆に専念した。

おかげで、脱稿できた。四日目の午後、田所は出版社に四百六十枚の原稿を届けた。

ふたたび浅倉佳奈が電話をしてきたのは、その日の夜だった。

「利直さんは、もう完全に植物状態になっちゃったみたい。依然として意識がなくてね、手脚の麻痺《まひ》がどんどん進んでるの」

電話の向こうで、彼女が湿りがちな声で言った。

「食事はどうしてるんだい？」

「看護師さんがチューブで、利直さんの口の中に流動食を……」

「彼の奥さんが付き添ってるんじゃないのか？」

「ううん、あの女はただ見舞うだけ。病人の体には触れようともしないわ。ほんとに冷たい女よっ。あたし、利直さんがかわいそうでたまらないの」

「それじゃ、ふだんは病人には誰も付き添ってないわけだね？」

田所は訊いた。

「一応、病院は完全看護なんだけど、いつもいつも看護師さんが利直さんの面倒を見てるわけじゃないみたい。あたし、仕事の合間に一日に一度は彼の顔を見に行ってるんだけど、よく病室に誰もいなかったりするから」

「ちょっと無責任だな。いつ病人の容態が急変するかもしれないのに」

「そうよね。わたし、今度、院長に文句を言ってやるわ。それはそうと、田所さんの耳に入れておきたいことがあるんだ」

「なんだい？」

「もしかしたらね、院長と彼の奥さんとの間で示談が成立しかけてるかもしれないの」

「なんだって⁉」

「きょう、病院に行ったときにね、わたし、あの女がものすごく大きなダイヤの指輪をしてるのを見ちゃったのよ」

「ダイヤの指輪と示談は、どう関連があるんだい？」

「あの女が指に嵌《は》めてた指輪はまだピカピカでね、ものすごくカラットが大きかったの。多分、四、五百万はすると思うわ。利直さんがあの女にあんな指輪を買ってやるわけないし、買える力もないはずなのよ。だって彼は一年半くらい前に、かなり無理をしてローンで練馬のマンションを買ったんだから、とてもそんな余裕なんかあるわけない」

「そのダイヤ、模造品なんじゃないのかな？」

「ううん、あれは本物よ。絶対にイミテーションなんかじゃないわ。わたし、宝石にはちょっとうるさいの。本物と模造品の見分けくらいはすぐにつくわ」

　佳奈が自信ありげに言った。

「本物だとすると、植草氏の奥さんは浮気の相手に買ってもらったのかもしれないな」

「わたしは、そうじゃないと思うわ。多分、あのダイヤの指輪は院長の湯浅が示談金のつもりで、あの女にプレゼントしたのよ」

「もしそうだとしたら、ちょっと告訴は難しくなるな」

「わたしは裁判なんか、どうだっていいの。手術ミスがあったんだったら、それを世間に公表して、病院側に社会的な制裁を加えてやりたいだけ。要するに、利直さんの仇《かたき》を討ってやりたいのよ」

「きみの気持ちはよくわかった」

「それから田所さん、ついでに調べてもらいたいことがあるの」

「どんなことだい？　言ってごらん」

田所は促した。

「わたしね、湯浅って院長と利直さんの奥さんの仲がどうもおかしいような気がするの」

「植草夫人の浮気相手は湯浅院長かもしれないと言うんだね？」

「うん、そう。あの二人、妙に馴《な》れ馴れしい感じなのよ。ひょっとしたら、今度のことで何度か会ってるうちに、あの二人は深い関係になっちゃったんじゃないかしら？　そこまでいってなくても、二人の間には何か秘密めいたものがあるような気がするの」

「そのあたりのことも、ついでに探ってみよう。植草氏の自宅の住所はわかるかい？」

「わかるわよ。ちょっと待ってて、アドレスノートを取ってくるから」

佳奈の声が遠ざかり、静寂がきた。一分ほど待つと、ふたたび彼女の声がした。

「えーとね、住所は練馬区貫井……」

「書き取ったよ。奥さんの名前、わかる？」

「綾子《あやこ》よ。年齢《とし》は二十七歳のはずだわ」

「何か特徴はないかな？」

「目鼻立ちがはっきりしてて、唇の横に黒子《ほくろ》があるわ」

「背恰好《せかっこう》は？」

「中肉中背ってとこかな。湯浅院長は五十ちょっとで、ロマンスグレイよ」

「植草綾子はだいたい毎日、病室に顔を出してるのかな？」

「一応、見舞いだけはしてるみたい。午後三時前後に行くことが多いみたいよ。あたしは、なるべくその時間帯を避けてるの」

「そう。だいぶ情報を貰ったんで、助かるよ。急ぎの仕事は、きょうで終わったんだ。明日から動きだすよ」

田所は佳奈の自宅の電話番号をメモして、受話器をフックに返した。

## 2

消毒の臭《にお》いが鼻腔《びこう》を刺す。

田所は廊下を歩きながら、各室のプレートを目で追った。

高校時代の先輩が勤務している大学病院だ。午後二時近かった。

少し先の部屋から、不意に人が現われた。白衣の男は、先輩の倉持秀行《くらもちひでゆき》だった。

「どうもしばらくです！」

田所は、高校時代の先輩に声をかけた。一年近く会っていなかった。

「元気そうじゃないか」

「ええ、何とかやってます」

「そろそろおまえが現われるころだろうと思って、玄関ロビーに行くとこだったんだ」

「そうでしたか」

「内庭のベンチで話を聞こう」

二つ年嵩《としかさ》の倉持が先に歩きだした。田所は後に従った。

二人は渡り廊下から内庭に出た。

陽射《ひざ》しが強い。田所たちは、木陰のベンチに腰を下ろした。そこは涼しかった。

「電話で言ってたことを、もう一度詳しく話してくれないか」

倉持が先に口を開いた。

田所は、浅倉佳奈から聞いた話を喋った。倉持が腕を組んだ。考える顔つきだった。

「やっぱり、麻酔ミスはあったんですかね？」

田所は話しかけた。

「ああ、おそらくな。手術中に、麻酔器のコネクターから送気管が外れたんだろう」

「コネクターというと、接続器のことですね？」

「ああ、そうだ。全身麻酔をかける場合は、患者の肺に酸素と麻酔薬の混合ガスを送り込むんだよ。手術中、麻酔医は本来絶《た》えずガス流量計を見ていなければならないんだが、患者の呼吸や血圧が安定したら、実際にはもう見ないことが多いんだ」

倉持が言った。

「つまり、めったにトラブルは起きないわけですね」

「そうなんだ。それで、麻酔器の点検を怠《おこた》る医者もいるんだよ。この春に都内の小児科病院と外科病院で起きた医療事故も、そういう基本的なミスによるものだった」

「そんな話を聞くと、おっかなくて手術も受けられなくなるな」

「そうびくつくことはないさ。そういう不幸な事故は、そうそう起こるもんじゃない。通常、送気管が外れることはないんだ」

「しかし、現実に外れたからこそ、これまでに何人かの者が植物状態にされたわけでしょ？」

　田所は確かめるような気持ちで訊《き》いた。

「そう言われると、返す言葉がないな。今回のケースは多分、前々から緩《ゆる》んでた接合部分が何かの弾みで外れてしまったんだろう。それで、その患者は酸欠状態に陥った。だから、脳神経をやられたんだと思うよ」

「脳神経って、そんなに弱いんですか？」

「脆《もろ》いもんさ。正常の体温で酸素の供給が三、四分停止したら、もう大脳皮質は完全にいかれてるね」

「もっと長く酸欠状態がつづいた場合はどうなるんです？」

「植物状態どころか、命を落としてるよ」

「ということは、今回のケースは手術の途中で誰かが麻酔器の送気管が外れてることに気づいたというわけですね？」

「そういうことになるな。外れたままだったら、その患者はもうとっくに死んでる」

「ええ」

「おおかた執刀医か麻酔医が、慌ててコネクターを繋いだんだろう。しかし、すでに患者の脳神経はやられてた」

倉持が言葉を切って、煙草《たばこ》をくわえた。メビウスだった。

「そうだとしたら、百パーセント、病院側のミスじゃないですか」

「ああ」

「麻酔ミスを立証するには、どうすればいいんです？」

「そいつがなかなか難しいんだよ。患者の家族が事故直後に裁判所に証拠保全の申請をしていない限り、立証はちょっとね。その患者の身内の誰かが、証拠保全の申請をしてるのか？」

「それは訊いてもみませんでしたが、多分、申請はしてないと思います」

「となると、患者側に勝ち目はないな」

「確か厚生労働省に医療監視に関する業務をやってるセクションがありましたよね？」

「医療監視は、医務局の指導助成課でやってるんだ」

「そういう機関に訴えれば、あるいは……」

「医療監視といっても、彼らの主な仕事は診療報酬の違法請求や過剰投薬なんかのチェックなんだ。もちろん相談に行けば、それなりの処置はとるだろうが、なにしろ医者にはいくらも逃げ道があるからな」

「逃げ道？」

田所は問い返した。

「そう。現に湯浅とかいう院長は、原因不明の高熱が患者の脳神経を冒したと言ってるんだろう?」

「そうらしいんですね」

「合併症は、必ずしも医者の責任じゃないんだよ」

「しかし、病院側は半ばミスを認めてるから、入院費の免除を申し出たわけでしょ?」

「それは、おまえの言う通りだよ。だが、病院側は公の場では絶対に過失を認めないだろう。そんなことをしたら、医業停止処分を受けて、やがては廃業に追い込まれることになる」

「それじゃ、患者側は泣き寝入りするほかないと言うんですかっ」

「相変わらずだね、おまえ」

倉持が微苦笑した。

話が中断した。田所は足許の病葉《わくらば》を蹴《け》りつけた。

頭上の梢《こずえ》で、油蟬《あぶらぜみ》がかまびすしく鳴きはじめた。神経を逆撫《さかな》でするような鳴き方だった。蟬が鳴き熄《や》んだとき、倉持が短い沈黙を突き破った。

「惨《むご》い言い方かもしれないが、植物状態の人が蘇生《そせい》するケースは稀《まれ》なんだよ。裁判で決着をつけるよりも、病院側に誠意を示してもらったほうが賢明なんじゃないのか。患者の家族の生活もあるだろうしな」

「要するに、示談に応じたほうがいいと言うんですね？」

「そういうことだな。病院側は入院費を取ってないという話だから、家族が納得できるような補償を考えてるのかもしれないぞ」

「言い忘れてましたが、患者の奥さんは示談を進めてるような気配があるというんですよ」

田所は思い出して、そう言った。

「そうか」

「もし示談が成立してたら、どうなるんです？」

「もう手の打ちようはないだろうな」

「患者の恋人が納得できなくても？」

「恋人よりも配偶者のほうが近いわけだから、恋人の言い分は通らないさ」

倉持が答えた。

「そうか、そうでしょうね。いろいろ参考になりました。ありがとうございました」

「いやあ、役に立ったかどうか。きょうはつき合えないが、そのうち飲もう」

「いいですね。機会をうかがって、お誘いします」

田所はベンチから腰を上げた。倉持も立ち上がった。

ほどなく先輩と別れた。田所は、歩きながら腕時計を見た。午後二時半だった。

湯浅外科病院に行くことにした。

田所は、大学病院の外来用駐車場に急いだ。

BMWに乗り込む。車内は、ひどく暑い。カーエアコンを作動させ、冷房を強めた。

田所はイグニッションキーを捻《ひね》った。

車をスタートさせる。車道は夏の陽光に炙《あぶ》られて、白く乾いていた。

照り返しが鋭い。目が眩《くら》みそうだ。

探し当てた湯浅外科病院は、六義園《りくぎえん》の裏手にあった。

想像していたよりも、はるかに大きな病院だった。四階建ての建物はまだ新しい。

造りも洒落《しゃれ》ていた。その隣に、自宅らしい豪壮な邸宅が見える。病院と屋敷は、ともに広い公道に面していた。

――相当、儲《もう》けてやがるな。

田所は車を停《と》めた。

病院の斜め前の路上である。田所は車の外に出た。

車道を横切りかけたとき、病院の玄関前に一台のタクシーが停まった。降りたのは二十六、七歳の女だった。顔の造りは派手で、唇の横に黒子《ほくろ》があった。

植草の女房にちがいない。

田所は女を追った。

植草綾子と思われる女は、涼しげなワンピースを着ていた。素材は綿ジョーゼットだ。

女が湯浅外科病院の玄関に入った。田所は後につづいた。午後の外来診療の時間には間があるらしく、ロビーはひっそりと静まり返っている。

受付の窓口も閉ざされていた。あたりには、数人の見舞い客の姿が見えるきりだった。

女がスリッパを履き、エレベーターホールに近づいていく。

田所はサングラスをかけ、女を追った。待つほどもなく、エレベーターの扉が左右に割れた。女が乗り込む。

一瞬ためらったが、田所もケージに乗り込んだ。女に背を向ける形だった。

扉が閉まった。女が四階のボタンを押して、遠慮がちに問いかけてきた。

「何階でお降りでしょう？」

「三階です」

田所は相手を見ずに答えた。

女が三階のボタンを押し込む。田所は小声で礼を言った。香水の甘い匂《にお》いが仄《ほの》かに寄せてくる。

ほどなくエレベーターが停止した。

三階だった。田所は女に会釈して、ホールに降りた。ホールのそばに、階段が見える。

背後で、エレベーターの扉が閉まった。田所は四階まで一気に階段を駆け上がった。踊り場に達すると、エレベーターが下降する音が聞こえた。ほぼ同時に、ハイヒールの音が響いてきた。

田所は壁から顔を半分だけ突き出して、廊下をうかがった。植草綾子らしい女の後ろ姿が目に映じた。

やがて、女は奥の一室に吸い込まれた。

田所は忍び足で、その部屋に近づいた。マホガニーらしい木製のドアには、〈院長室〉というプレートが掲げられている。佳奈が言うように、湯浅院長と綾子との間には特別な何かがあるのか。

田所はドアに耳を押し当てた。

男と女の話し声が、かすかに聞こえる。だが、話の内容まではわからなかった。

ここにずっと立っているのは危険だ。

田所はそう判断して、静かに踊り場まで引き返した。壁にへばりついて、女が院長室から出てくるのを待つ。幸い、近くに人影はなかった。

ドアの開閉する音が響いてきたのは、十数分後だった。

田所は顔を引っ込めた。

廊下から、男女の会話が流れてきた。

「一応、ご主人の病室を覗《のぞ》いたら？」

「ええ、一応ね」

「悪い奥さんだな、あなたは」

「院長先生だって、善人とは言えないんじゃありません？」

「こりゃ、まいったな」

「うふふ」

女が含み笑いを洩《も》らした。

田所はエレベーターホールを盗み見た。

女は、五十一、二歳の銀髪の男と並んでエレベーターを待っていた。男は院長の湯浅春生にちがいない。田所は体を引き、耳を澄ました。

「おや、きょうは指輪をしてないんだね。気に入らなかったのかな？」

男が女に言った。

「とっても気に入ってるんですけど、あれをしてると、なんか落ち着かないの」

「どういうこと？」

「指輪を何かに引っかけた拍子に台座からダイヤが転げ落ちるような気がして、気が気じゃなくて」

「かわいい女性《ひと》だ」

男が低く笑った。

エレベーターが来たようだ。二人が乗り込む気配が伝わってきた。

——どうやら、佳奈の勘は当たってるようだな。湯浅院長が綾子に指輪を買ってやったことは、ほぼ間違いなさそうだ。どうも二人はデキてる感じだな。院長が手術ミスを表沙汰《おもてざた》にされることを恐れて、女をうまく誑《たら》し込んだんだろうか。それとも前々から二人はわりない関係で、邪魔になった植草利直を故意に植物状態にしてしまったのか。

田所は何か犯罪の臭《にお》いが寄せてくるのを薄ぼんやりと感じていた。

エレベーターの表示ランプは二階で静止している。植草の病室は、二階のどこかにあるようだ。田所は二階まで駆け降りた。廊下には、首にギプスを嵌《は》めた若い男の姿しか見当たらない。

青年は鞭打《むちう》ち症か何かで入院しているのだろう。田所は、その若い男を呼びとめた。

青年が振り返った。

田所は走り寄って、相手に話しかけた。

「植草さんの病室はどこですか?」

「相部屋にそういう人はいませんよ」

「えっ、そうなんですか」

「奥の特別室に誰か入ってるけど、名前はちょっとわからないな」

「ありがとう。行ってみるよ」

田所は言って、歩きだしかけた。

そのとき、奥の病室のドアが開いた。現われたのは院長と綾子だった。

とっさに田所は、すぐ左手の病室に飛び込んだ。四人部屋だった。入院患者たちの視線が一斉に注がれた。

やむなく田所は、でまかせを口にした。

「この病室に、田中という友人が入院してるはずなんですが……」

「そんな人、いませんよ」

いちばん手前のベッドの男が答えた。

「おかしいな」

「ナースステーションか受付で、もう一度、病室を確かめてみたら？」

「そうですね。どうもお騒がせしました」

田所は詫《わ》びて廊下に出た。

院長と女の姿は消えていた。田所は廊下を進んだ。

特別室らしい病室のドアの横には、植草利直と書かれた名札が出ていた。面会謝絶の札も見える。かまわず田所は、ドア・ノブを回した。

病室は広かった。応接ソファや冷蔵庫まである。ベッドの頭側に、大型の酸素ボンべと吸引器が設置されている。窓際には、蘇生器らしいものがあった。

田所はベッドに歩み寄った。

植草は死んだように眠っていた。伸びた髭《ひげ》が哀れさを誘った。

田所は、そっと毛布を捲《まく》ってみた。そのとたん、尿の臭《にお》いが鼻腔を撲《う》った。尿瓶が、ずれているようだ。

室内には、化粧の匂いがうっすらと漂っている。綾子の残り香にちがいない。

――どういう事情があるにせよ、見舞いに来たんだったら、尿瓶のずれぐらい直していけばいいじゃないか。

田所は、義憤に似たものを覚えた。

毛布を元に戻したときだった。だしぬけに、ドア・ノブが鳴った。

田所は体ごと振り向いた。白衣をまとった男が入ってきた。三十歳前後だった。

「おい、ここで何をしてるんだっ」

男が声高に咎《とが》めた。田所は少しも慌《あわ》てなかった。

「見舞いに来たんですよ」

「面会謝絶の札が掛かってただろうが」

「えっ、面会謝絶だったんですか⁉」

「そうだ」

「それは知りませんでした」

「きみ、名刺を出したまえ！」

「あいにく持ち合わせてないんです」

「サングラスなんかかけて、妙な奴だな」

白衣の男が足早に近づいてきた。

何気なく田所は、相手の胸元を見た。土居というネームプレートが目に入った。

麻酔医の土居だろうか。そう思った瞬間、相手の男が田所の胸倉を摑《つか》んだ。

田所は息を詰めた。男の吐息が、ひどく酒臭かったからだ。

よく見ると、目の縁が斑《まだら》に赤く染まっている。軽くひっかけた程度ではなさそうだ。

「名刺がないなら、名乗りたまえ！」

「別に怪しい者じゃありませんよ」

田所は相手の両手首を摑み、外側に捩《ねじ》った。

白衣の男は両腕を差し出す恰好になった。田所は左手を放すと同時に、男の右腕を大きく捻った。相手が悲鳴をあげながら、床に転がった。

その隙《すき》に、田所は廊下に逃れた。

無用な揉《も》め事は避けたかった。それに、相手に正体を知られるのもまずい。

廊下を急ぎ足で歩きながら、田所は小さく振り返った。白衣の男は追ってこない。

田所は階段を駆け降り、ロビーに出た。

ロビーの近くに、外来患者の待合室があった。

ベンチを見ると、中年の女が所在なげに週刊誌を読んでいた。彼女の横に、松葉杖《まつばづえ》が見える。退院したあと、通院しているのだろう。

田所は女のかたわらに坐って、小声で話しかけた。

「この病院に、土居という先生はひとりしかいませんよね？」

「ええ、麻酔科の土居先生だけですよ」

「やはり、そうですか」

「土居先生が何か？」

「いえ、ちょっと廊下で絡まれちゃいましてね」

「あら！」

女が驚いた顔つきになった。

「あの先生、いつも昼間っから酒を飲んでるんですか？」

「きょうも飲んでたのね？」

「ええ。かなり酔ってるようだったから、相手になりませんでしたが……」

「あの先生、三週間ぐらい前から急に様子がおかしくなったの」

「へえ」

田所は、何か引っかかるものを感じていた。

「それまでは、つき合い程度しか飲まないって看護師さんから聞いてたんだけど、急に勤務中にも隠れてアルコールを飲むようになったそうですよ」

「院長は気づいてないのかな？」

「見て見ぬ振りをしてるみたいね」

「なぜだろう？　ひょっとしたら、院長は土居先生に弱みを握られてるのかな」

「さあ、それはどうでしょう？」

女が意味ありげに笑った。

土居が三週間ほど前から酒浸りになっているのは、何かから逃れるためではないのか。そんな思いが、田所の胸に兆《きざ》した。

故意か過失かはわからないが、土居が麻酔器の送気管を外したのかもしれない。いや、きっとそうだ。だから、奴は苦しさを粉らわせているのだろう。湯浅院長が何らかの報酬と引き換えに土居にコネクターを緩めさせたと考えるのは、無理だろうか。

そこまで推測したとき、田所の耳に聞き覚えのある男女の声が届いた。

あたりを見回す。すぐ近くで、湯浅院長と植草綾子が立ち話をしていた。

「植草さん、ご主人は必ずよくなりますよ」

湯浅がわざとらしい大声で、綾子に言っている。

「わたし、主人だけが頼りなんです。どうか院長先生のお力で……」

「不眠不休で治療に当たりますよ」

「よろしくお願いいたします。きょうは、これで失礼させていただきます」

綾子が深く頭を垂れ、玄関口に向かう。

二人は空とぼけた顔でもっともらしく喋っていたが、これからどこかで密会するのではないか。

田所は、植草の妻を尾行する気になった。

綾子の後から、表に出る。植草の妻は歩きながら、しきりに車道に目をやっていた。タクシーを拾うつもりらしい。

田所は車に駆け寄った。

乗り込んで、ＢＭＷをＵターンさせる。徐行運転しているとき、綾子がタクシーを捕まえた。

田所は、綾子を乗せた個人タクシーを尾《つ》けはじめた。

タクシーは早稲田鶴巻町《わせだつるまきちょう》を抜けると、弁天町《べんてんちょう》、牛込柳町《うしごめやなぎちょう》と進み、新宿方面に向かった。

西口の超高層ホテルで、情事を愉《たの》しむつもりなのか。田所はそう思いながら、タクシーを追跡した。

しかし、予想は大きく裏切られた。

個人タクシーが停まったのは、伊勢丹《いせたん》の脇《わき》だった。明治通りである。車を降りた綾子は、そのままデパートに入っていく。

路上駐車はできない。田所は車をデパートの駐車場に預けることも考えたが、その間に綾子を見失ってしまう恐れがある。

どうするか。

迷っているうちに、綾子の姿が人込みに紛《まぎ》れて見えなくなった。背後で車のクラクションが轟《とどろ》いた。田所は急《せ》かされ、車を発進させた。大きく迂回《うかい》し、伊勢丹の駐車場に入る。

田所は念のため、店内をひと通り歩いてみた。だが、綾子はどこにもいなかった。

――きょうはツイてなさそうだから、諦めることにしよう。

田所は地下の食料品売り場で夕食の惣菜《そうざい》と酒の肴《さかな》を買い込んで、そのまま車に戻った。重い疲労感が全身を包み込んでいた。

# 3

退屈だった。

田所はＢＭＷのフロントガラス越しに、湯浅外科病院長の自宅を監視していた。翌々日の夜である。門扉《もんぴ》も車庫のシャッターも閉ざされたままだ。

今夜も空振りに終わるのか。

前夜も田所は、同じ場所に張り込んでいた。夜更けまで辛抱強く待ってみたが、湯浅はついに外出しなかった。

きょうも、すでに二時間が過ぎている。

――院長と植草綾子の間には何もないんだろうか。いや、そんなはずはない。綾子は、院長に高価な指輪を買ってもらってるんだから……。

田所は胸底で呟《つぶや》いた。そのとき、湯浅家の車庫のシャッターが捲《ま》き上げられた。人影はない。どうやらリモコン操作によるオートマチックらしい。

少しすると、車庫からベンツＳＬ500が滑り出てきた。新車なら、千数百万円はする高級車だ。車体の色は黒だった。

田所は運転席に視線を投げた。ベンツのステアリングを握っているのは、院長の湯浅だった。淡いベージュのサマージャケットを着ている。

綾子に会いに行くのだろう。

田所は車のエンジンを唸《うな》らせた。

ベンツは深夜の住宅街を抜けると、市ヶ谷《いちがや》方面に進んだ。

やがて、車は余丁町《よちょうまち》の三階建てのマンションの前に停まった。

湯浅は車を降りると、三階の端の部屋を振り仰いだ。その部屋だけが明るかった。

あの部屋で、綾子が待っているのか。

田所はブレーキを踏んだ。車はベンツの三、四十メートル後ろだ。

湯浅がマンションの中に入った。

田所は車から出て、院長の後を追った。

湯浅は階段を昇りはじめていた。階段の下に身を潜め、湯浅の足音を確かめる。やはり、院長は三階まで上がった。

田所も三階まで駆け上がった。

踊り場から、外廊下を覗く。ちょうど湯浅院長が奥の部屋に吸い込まれたところだった。

数分経《た》ってから、田所は角部屋に近づいた。

表札はなかった。聞き耳を立ててみたが、人の声はしない。

田所は自分の車に戻った。

三階の部屋を見上げると、仄暗《ほのぐら》かった。湯浅は、さっそく愛人と娯《たの》しみはじめたらしい。一時間や二時間は出てこないだろう。

田所はシートに深く凭《もた》れて、瞼《まぶた》を閉じた。

少し眠るつもりだった。だが、ヤブ蚊が眠らせてくれない。仕方なく、田所はカーラジオを聴くことにした。

湯浅が路上に現われたのは、きっかり二時間後だった。

――綾子は、部屋に泊まるつもりなんだろうか。待てよ、あの部屋にいるのは綾子じゃないのかもしれないぞ。一応、確かめてみよう。

田所はベンツが走り去ると、すぐに車を降りた。

マンションの階段を駆け上がる。

三階の角部屋は、まだ明るい。田所はドアをノックした。応答はなかった。

「宅配便ですよ」

田所は大声で告げた。

ややあって、ドアが細く開けられた。田所は、抜け目なくドアの隙間《すきま》に片足を入れた。

目の前にいるのは、植草綾子ではなかった。

二十歳そこそこの小娘だった。パイナップルイエローのタンクトップの間から、豊かな隆起が零《こぼ》れている。下は濃紺のジョギングパンツだった。

「こんな夜中に届け物なの⁉」

「実は興信所の者なんだ」

田所は偽った。

「こんな時間に失礼じゃないの。帰ってよ！」

「湯浅の奥さん、すごいヒステリーを起こしてるぞ」

「あたしのこと、わかっちゃったの⁉」

「だから、おれが来たんじゃないか」

「あっ、そっか。ねえ、あたしのことは奥さんに何でもなかったと報告しといてくれない？」

「こっちの質問にちゃんと答えてくれたら、考えてもいいな」

「いいわ。中に入って」

女がドアを大きく開けた。田所はにんまりして、玄関に身を滑り込ませた。

部屋は1LDKらしかった。湯浅院長の若い愛人に勧められて、田所はリビングソファに腰をかけた。女も坐った。

「まず、名前を教えてくれ」

「白川安寿《しらかわあんじゅ》っていうの」

「いい名前じゃないか。湯浅とは、いつごろから？」

「ちょうど半年前からね。それまであたし、銀座のクラブでヘルプやってたの」

「湯浅とは、その店で知り合ったのか？」

「ええ、そう」

「湯浅の奥さんは、きみのほかにも女がいると思ってるんだよ。植草綾子という名を聞いたことは？」

「ううん、ないわ。パパには、あたし以外に女なんかいないはずよ」

「なぜ、そう言いきれるんだ？」

「だってさ、パパはできないんだもん」

「できないって、セックスがか？」

「そう。重い糖尿病なのよ、パパは。バイアグラを服《の》んでも勃起《ぼっき》しないの」

「それなのに、なんで、きみを囲ってるんだっ。いいかげんなことを言うな！」

「ほんとよ、ほんとの話だってば。パパはあたしの全身を舐《な》めたり、指を使うだけで満足しちゃうの」

「信じられないな」

「でも、嘘《うそ》なんかじゃないわ。パパはインポだけど、あたしにとっては最高のパトロンなんだ。体を汚さずに、月に五十万円もお手当てを貰えるんだもん」

安寿が不意に立ち上がった。

乳房が妖《あや》しく揺れた。肢体は瑞々《みずみず》しかった。

「急に立ち上がったりして、どうしたんだ？」

田所は、湯浅院長の若い愛人に言った。

「寝室に行きましょうよ」

「えっ⁉」

「あたしを自由にしてもいいわ。その代わり、パパの奥さんにはあたしのことをうまくごまかしてほしいの。あたし、ヘルプに逆戻りしたくないのよ」

「ギブ・アンド・テイクってわけか。いいから、坐れって」

「あなた、お金が欲しいの？」

「見損なうな。おれは強請屋《ゆすりや》じゃない。安心しろ、きみのことは報告書には書かないよ」

「ほんとに、本当？」

「若いくせに、疑り深いんだな」

「あたし、わりかし苦労してるから」

安寿がソファに腰を戻した。

「きみのパトロンは、仕事の話をするかい?」

「ううん、あんまりしないわ」

「それじゃ、最近、あの病院で医療事故があったことは知らないだろうな」

「どういう事故があったの?」

「手術中に、麻酔ミスがあったんだよ。それで、植草という男が植物状態にされたんだ」

「わっ、恐ーい!」

「今度、湯浅が来たら、その話をしてみな」

田所は言った。湯浅春生を揺さぶってみる気になったのだ。

「でも、パパにその話を誰から聞いたと訊かれたら、あたし、どう答えればいいわけ?」

「おれのことを正直に話せばいいさ」

「あなた、いったい何を調べてるの? 本当は医療Gメンか何かなんじゃない?」

「そんなことよりも、湯浅におれのことを必ず言うんだぞ。もし話さなかったら、きみのことを湯浅の奥さんに話すからな」

「言うわ、必ず話すわよ」

「いい子だ。お寝《やす》み!」

田所は腰を上げた。

安寿が慌てて立ち上がって、田所にしがみついてきた。

「ね、抱いて！　あたし、やっぱり保証がほしいわ」

「どうしても体で口止め料を払っておかないと、安心できないってわけか？」

「ほんと言うと、それだけじゃないの。パパがあんなふうだから、ちゃんとしたセックスがしたいのよ。だって、ずっとご無沙汰なんだもん」

「きみを抱きたくなったら、また来るよ」

田所は玄関に向かった。

安寿が強く引き留めたが、そのまま部屋を出た。手首の時計を見ると、午前零時を回っていた。

——湯浅院長と植草綾子が男女の仲でないとすれば、二人はいったいどんな利害関係で繋がってるんだろう？　二人のことはしばらく措《お》いといて、今度は麻酔医の土居に揺さぶりをかけてみるか。

田所は階段を下《くだ》った。

車に乗り込む際に、彼は湯浅院長の愛人の部屋を抑ぎ見た。

暗い寝室のガラス窓が、わずかに開いている。月明かりが安寿の顔を浮かび上がらせていた。

田所はすぐに車を発進させた。

深夜の道路は空《す》いていた。三宿のマンションまで快調に車を走らせた。

自分の部屋に入ると、玄関ホールの電灯が点いていた。田所は足許に視線を落とした。里穂のハイヒールサンダルがあった。

合鍵《あいかぎ》で入ったのだろう。田所は納得して、靴を脱いだ。居間兼仕事部屋を覗く。里穂の姿は見当たらない。

奥の寝室に足を向けた。里穂の寝息が小さく聞こえた。室内は暗かった。

「里穂……」

田所は呼びかけた。

里穂は身じろぎ一つしなかった。田所は着ているものを脱ぎはじめた。

トランクス一枚になったとき、ふと彼はいたずらっ気を起こした。ベッドに抜き足で近づく。タオルケットを剝《は》ぐなり、里穂の上にのしかかった。

数秒後、里穂が悲鳴をあげた。全身でもがく。パンティーだけしか身につけていなかった。

田所は、乳首に吸いついた。

里穂が救いを求めながら、両の拳《こぶし》で田所の頭頂部や肩を力まかせに殴打しはじめた。

田所はたまらなくなって、顔を上げた。

「おい、おれだよ」

「え⁉」

里穂がナイトスタンドの灯を点《つ》けた。寝室が明るんだ。

「驚いた？」

「もう、びっくりさせないで。わたし、誰かに襲われたのかと思ったわ」

「ごめん、ごめん！ そんなにびっくりするとは思わなかったんだよ」

田所はベッドの上に胡座《あぐら》をかいた。里穂が目を擦《こす》りながら、眠そうな声で訊いた。

「いつ帰ってきたの？」

「たったいまだよ。湯浅を張り込んでたんだ」

「何か収穫はあったの？」

「ついに愛人を突きとめたんだが、残念ながら、植草綾子じゃなかったよ。しかし、湯浅院長と綾子は、必ず何かでつながってるはずだ。明日から麻酔医の土居を少し突いてみようと思ってる」

「どんな方法で？」

「さも手術ミスの証拠を握ってるようなことを言って、相手の反応を探ってみようと思うんだ」

「下手すると、人権問題になるんじゃない？」

「そのへんは、うまくやるよ。そりゃそうと、何時ごろ来たんだい？」

「十一時半ごろかな。急にあなたの顔が見たくなったんで、不法侵入しちゃったわけ。少し前まで起きて待ってたんだけど、睡魔に勝てなくなって、寝ちゃったの」

「おれも眠いよ。少し寝ようか」

田所は身を横たえた。

里穂が肌を寄せてきた。すぐには眠れそうもなかった。

# 4

飛行機の爆音が聞こえた。

田所は眠りを解かれた。室内は仄かに明るい。

正午近い時刻だった。ベッドに、里穂の姿はなかった。奥沢に帰ったようだ。

田所はベッドを降りた。

そのとき、低いハミングが聴こえてきた。里穂の声だった。

田所は寝室を出た。すると、ダイニングキッチンから里穂の声が響いてきた。

「おめざめ？」

「ああ」

田所は、食道兼台所に足を向けた。

里穂が狭い調理台に向かって、アボカド・サラダを作っていた。

「すぐに食べる？」

「まずシャワーを浴びてくるよ」

田所は浴室に向かった。簡単に体を洗い、ついでに髭《ひげ》も剃った。

青いバスローブをまとって、ダイニングキッチンに戻る。

テーブルの上には、ブランチの用意が整っていた。コーヒーの匂いが香ばしい。

「冷蔵庫には何もなかったはずだがな」

田所は賑《にぎ》やかな食卓を見ながら、里穂に言った。

「昨夜《ゆうべ》、ここに来る途中、青山のユアーズでちょっと食料を買い込んできたの」

「全部で、いくらだった？　払うよ」

「水臭いこと言うと、怒るわよっ」

「それじゃ、ご馳走になろう」

「はい、どうぞ」

里穂が椅子《いす》を引く。

田所は坐った。紫玉葱《むらさきたまねぎ》とフルーツトマトをあしらったアボカド・サラダがうまかった。ベーコンエッグの味も悪くない。

食事が済むと、里穂は部屋の掃除に取りかかった。

田所はベランダに出て、ぼんやりと遠くを眺めた。きょうも暑くなりそうだった。

掃除が終わると、里穂は自分のマンションに帰っていった。

田所は仕事机に向かって、連載コラムの原稿を書きはじめた。一種の社会時評である。

どういうわけか、筆が進まない。わずか三枚の原稿を書くのに、二時間近くもかかってしまった。やっと書き上げた原稿をキャビネットの抽出《ひきだ》しに収めたとき、机の上のプッシュホンが軽やかに鳴りはじめた。

田所は受話器を摑み上げた。

電話をかけてきたのは、浅倉佳奈だった。声に、緊迫感があった。

「何かあったのか？」

「ええ、ちょっとおかしなことが。きのう、空き巣に入られたの」

「金が盗まれたのか？」

「ううん。それが何も盗《と》られてないのよ。犯人は金品以外の何かを探してたのかもしれないわ」

「何か思い当たることがあるんだね？」

田所は問いかけた。佳奈が、すぐに答えた。

「うん。利直さんが通り魔に刺される数日前に、『おまえに預かってもらいたいものがあるんだ』と電話をかけてきたの。でも、それを預かる前に彼はあんなことに……」

「そのとき、彼はきみに内容については喋らなかったのか？」

「ただ、大事なものだとしか言わなかったわ」

「それじゃ、それが何なのかまったくわからないんだね？」

「そうなの」

「彼が、誰かの秘密を握ってたとは考えられないかな？」

「秘密って？」

「たとえば他人の醜聞《スキャンダル》とか不正行為の事実とか、そういう類《たぐい》のものだよ」

田所は植草利直が湯浅院長を脅かして、新事務所の運転資金を捻出《ねんしゅつ》したのではないかと疑っていた。

「そういうことはなかったと思うわ」

「そうか。これまで彼は、誰かと感情的なトラブルを起こしたことは？」

「ううん、ないわ」

「そう。そうだ、昨夜、湯浅院長の愛人を突きとめたよ」

「やっぱり、彼の奥さん？」

「おれもそれを期待してたんだが、白川安寿という若い女だったんだ。その女の話だと、湯浅はセックスのできない体らしいんだよ。だから、綾子との間には男女の関係はないと思うんだ」

「そうなのかな?」

「ただ、きみの推測は正しかったよ」

「ダイヤの指輪のことね?」

「ああ。やっぱり、指輪は湯浅が綾子に贈ったんだ」

田所は、きのう、湯浅外科病院の四階で盗み聴きした会話のことを喋った。

「それじゃ、もう示談が成立してるわけ?」

「そう考えるべきだろうな」

「奥さんったら、ひどいわ」

佳奈の語尾が、くぐもった。

「まだ途《みち》はあるよ」

田所は言った。

しかし、佳奈は黙したままだった。喉《のど》のあたりに、嗚咽《おえつ》がつかえているらしかった。

「手術ミスを裏づける証言が取れ次第、おれはどこかに書くつもりだよ。そうすれば、湯浅外科病院の信用は失墜する。法の裁きは免れることができても、社会的な制裁からは逃れられないはずだ」

「だけど、もう湯浅院長は病院のスタッフに余計なことは言うなって口止めしてるんじゃない？」

「おそらくね。しかし、おれは必ず誰かの口を割らせてみせる」

田所は言い切った。

「よろしくお願いね」

「任せてくれ。それはそうと、空き巣に入られたことを警察には知らせたのかい？」

「ううん、まだよ」

「一応、通報しといたほうがいいな。ひょっとしたら、犯人の遺留品が見つかるかもしれないからね」

「それじゃ、これから一一〇番するわ」

佳奈が先に電話を切った。

田所はいったん指でフックを押し、湯浅外科病院に電話をかけた。

「麻酔科の土居先生をお願いします」

「土居は休んでおります」

女の声が答えた。看護師だろう。

「それでは、先生の自宅の住所と電話番号を教えください」

「失礼ですが、土居ドクターとはどういうお知り合いなんでしょう？」

「大学の後輩です。いま、卒業生名簿を作成中なんですよ」

田所は、思いついた嘘を口にした。

相手は怪しまなかった。即座にアドレスと電話番号を教えてくれた。

田所は礼を述べて、受話器をフックに戻した。土居の自宅は千駄木《せんだぎ》にあった。

――さっそく揺さぶりをかけに行こう。

田所は上着のポケットにICレコーダーを忍ばせて、小走りに部屋を出た。

エレベーターで、地下駐車場に降りる。BMWに乗り込むと、すぐに発進させた。

目的地に着いたのは、およそ五十分後だった。

土居のマンションは、不忍通《しのばずどお》りから百メートルほど奥に入った場所にあった。三階建てだった。

田所は車を路上に駐《と》め、マンションに入った。

管理人室はなかった。メールボックスで、土居の部屋を確認する。二〇五号室だった。田所は階段を上がって、部屋に急いだ。

インターフォンを鳴らした。室内で、人の動く気配がする。

ドアが開いた。

姿を見せたのは、当の土居だった。顔が赤く、酒臭い。さりげなく田所は、上着のアウトポケットに手を突っ込んだ。土居が、うっとうしそうに言った。

「新聞の勧誘だったら、お断りだよ」

「わたしの顔を憶《おぼ》えてないようですね」

ＩＣレコーダーの録音スイッチを押し込んでから、田所は穏やかに話しかけた。

「患者さんだったかな？」

「植草氏の病室に入り込んでて、おたくに怒鳴られた男ですよ」

「あっ、サングラスの……」

「やっと思い出してもらえたか」

「何しに来たんだ！　それより、ここがよくわかったな」

「病院で住所を教えてもらったんですよ。実はわたし、フリーライターでしてね」

「フリーライター⁉」

土居の顔が、にわかに引き締まった。

「ええ、そうです。植草利直氏の医療事故の件を取材してるんですよ」

「帰ってくれ！　あれは事故なんかじゃないっ」

「土居さん、正直に話してくれませんか。植草氏の手術中に麻酔ミスがあったことは、病院のある人が認めてるんですよ」

田所は、はったりをかませた。

「誰が、誰がそんなでたらめを⁉　そいつの名前を言いたまえ！」

「ニュースソースは明かせませんが、わたしはかなりの材料を握ってるんですっ。麻酔器の送気管が外れたために、植草氏は酸欠状態になって、脳神経をやられたんだ」

「き、きみは⁉」

土居の表情が凍りついた。

「病院側と植草夫人との間で示談が成立してるようだが、おたくは医者として良心が疼《うず》かないんですか。え？」

「……」

「心を痛めてるはずだ。だから、おたくは酒で苦しさを紛らわせてるんでしょ？　あんたが手術後、酒浸りの毎日を過ごしていることはわかってるんだっ」

「根も葉もないことを言うと、きみを名誉棄損《めいよきそん》で告訴するぞ」

「どうぞお好きなように。その代わり、こっちも麻酔ミスのことを週刊誌に書きますよ」

「きみの目的は何なんだっ。お金か？」

「見くびってもらっちゃ、困るな。わたしは強請屋《ゆすりや》じゃない！」

田所は語気を強めた。すると、土居が息巻いた。

「書きたければ、書けよ。後で、きみが恥をかくだけさ」

「強がりはよせっ。おたくは東京地検が動きだしたことを知らないようだな」

またもや田所は、はったりを口にした。みる間に、土居が蒼《あお》ざめた。気が小さいらしい。

「土居さん、真相を話してくださいよ」

田所は語調を和《やわ》らげた。

「何も話すことなんかないっ。とっとと帰れ！」

「話す気がないなら、おたくひとりが悪者にされるぞ」

「悪者⁉　院長が何か喋ったのか？」

「まあね」

「裏切りだ、それは！」

土居が悲痛な声で叫んだ。

「そう。多分、おたくは裏切られたんだろうな。事実を喋らないと、損するよ」

「わたしは院長に謀《はか》られたんだ」

「やっぱり、あんたが手術中に送気管を外したんだな？」

「そうじゃない。わたしは院長に命じられて、わざとコネクターの捻子《ねじ》を緩めただけだ。実際に送気管を外したのは、看護師の伊坂さんだよ」

「わざとコネクターの留具を緩めたということは、仕組まれた手術ミスだったのか⁉」

「そうだよ。湯浅院長が『止血操作がなってない』と難癖をつけて、彼女を突き飛ばしたんだ。それで、よろけた伊坂さんが送気管にぶつかったんだよ」

「彼女は、外れたことに気づかなかったのか？」

田所は訊いた。

「気が動転してたらしくて、まったく気づかなかったよ。院長の計画で、伊坂弥生に責任をなすりつけるつもりだったんだ。わたしは院長のひとり娘との結婚話を餌《えさ》にされて……」

「抱き込まれたというのか？」

「ああ、その通りだ。しかし、ばかだったよ。植草さんには、心から済まないと思ってる。それから伊坂さんにもね」

土居がうなだれた。

田所は礼を言って、歩き出した。歩きながら、ポケットのＩＣレコーダーのスイッチを切る。

田所は車に戻った。

ＢＭＷを湯浅外科病院に向ける。千駄木から本駒込までは、さして遠くない。二十分足らずで、病院に着いた。

田所は、まっすぐに四階の院長室をめざした。

ノックなしで部屋のドアを開けると、執務中の湯浅が顔を上げた。

「なんだね、きみは！」

「田所という者です」

「いきなり入ってきて、無礼じゃないかっ。すぐに出て行け！　さもないと、警察を呼ぶぞ」

「騒ぎ立てると、白川安寿さんのことを奥さんにバラしますよ」

「安寿が言ってた男は、きさまなんだな！」

「そうです」

「何者なんだっ」

「しがないフリーライターですよ。ちょっと、これを聴いてもらいましょうか」

田所は、ポケットのＩＣレコーダーの再生ボタンを押し込んだ。

室内に、彼と麻酔医との遣り取りが流れはじめた。そのとたん、湯浅が狼狽した。

「なんの真似《まね》だ、これは？」

「黙って聴け！」

田所は怒鳴りつけた。湯浅の顔が歪んだ。その額には、脂汗がにじんでいた。

やがて、テープの音声が消えた。

田所はポケットのＩＣレコーダーの再生スイッチを切って、湯浅に言った。

「感想はどうです？」

「土居が喋ってることは、まったくのでたらめだっ」

「湯浅さん、もう観念するんですね。わたしは、あなたが植草綾子にダイヤの指輪を贈ったことまで調べてあるんだ」

「知らん！　わたしは、そんな物を贈った憶えはないっ」

「なぜ、植草氏を故意に植物状態にしたんだっ。植草夫人に頼まれたからか。それとも植草氏に、あんたは何か弱みを握られてたのか」

「出て行け！」

湯浅が机の上にある青銅のペン皿を摑み、それを投げつけてきた。

田所は避《よ》けた。耳許で、空気の裂ける音がした。ペン皿は重厚な書棚にぶち当たって、鈍い音をたてた。

「あんたは、もうおしまいだ。わたしは今度のことを雑誌に書く」

「証拠もないことを書いたら、おまえを誣告罪《ぶこくざい》で訴えてやる！」

「それは楽しみだ。それじゃ、いずれ法廷で会おう」

田所は言い捨て、院長室を出た。エレベーターで階下に降りると、看護師詰所に入る。

「伊坂弥生さんに会いたいんですが……」

田所は、ドアの近くの机でカードの整理をしていた若い看護師に声をかけた。すると、その看護師が立ち上がった。

「わたしが伊坂です」

「ちょっとつき合ってください」

田所は、看護師の腕を摑んだ。伊坂弥生が顔を強張《こわば》らせた。

「何をするんですっ」

「怪しい者じゃない。手間は取らせませんよ」

田所は、伊坂という看護師を強引に病院の前の路上に連れ出した。

「早く用件をおっしゃってください」

「植草利直氏が植物状態になったのは、きみのせいじゃないんだ」

「えっ⁉」

「きみは、湯浅と土居に嵌《は》められたんだよ」

田所は上着のポケットからＩＣレコーダーを摑み出し、再生ボタンを押し込んだ。

音声を聴き終えると、若い看護師は病院に駆け戻っていった。全身に、怒りが表れていた。

田所は車に足を向けた。

# 第七章　野望の柩《ひつぎ》

## 1

五日が過ぎていた。

田所は自分の部屋で、雑誌社からの連絡を待っていた。午後一時過ぎである。

発行部数の最も多い週刊誌の編集部に企画を売り込んだのは、一昨日だった。編集者は仕組まれた麻酔ミスというテーマに興味を示しながらも、話には乗ってこなかった。裏づけが甘いと言うのである。

田所は、あっさり引き下がった。そして、ライバル誌に企画を持ち込んだ。きのうの夕方のことだ。応対に現われた副編集長はひと晩、検討させてほしいと即答を避けた。そんなわけで、田所は雑誌社の回答を待っていた。

煙草《たばこ》に火を点けたとき、机の上のプッシュホンが鳴った。田所は受話器を取った。

「ネタの売り込み、成功した？」

里穂だった。

「まだ、連絡がないんだ」

「今度は脈がありそうだと言ってたんじゃない？」

「そうなんだが、なんか自信がなくなってきたよ」

「週刊誌が話に乗ってこなかったら、月刊誌でもいいじゃないの？」

「そうだな」

「連絡待ちなら、また、後でかけ直すわ」

「悪いが、そうしてくれないか」

田所は電話を切った。改めて煙草に火を点ける。喫《す》い終えたころ、ふたたびプッシュホンが着信音を発した。

「田所さんですね」

男の声が確かめた。聞き覚えのある声だった。

「こちら、『現代ジャーナル』です」

「きのうはどうも！　企画の検討をしていただけました？」

「ええ。ぜひ書いてください」

「ありがとうございます」

「編集長と相談して、二回の分載でいくことに決定しました。四ページずつ、来週号と再来週号に載せる予定です。一回分十二枚以内でまとめていただきたいんですがね」

「わかりました。で、締め切りは？」

「できたら、今夜中に前編の原稿をいただきたいんです。いかがでしょう？」

「わかりました。これから、すぐに書きはじめます」

「勝手を言って、すみません。それから、一つだけ注文があるんです」

「なんでしょう？」

「裏づけが充分とは言えない部分もあるので、クレームのこないような書き方をしていただきたいんです。むろん、ずばりと斬《き》り込んでいただかなければならない箇所は手加減する必要はありませんけどね」

「そのへんの呼吸は、心得てるつもりです」

「原稿は、だいたい何時ごろにいただけますかね？」

副編集長が訊いた。

「夕方には、お渡しできると思います」

「それでは社で待機してますので、脱稿されたら、ご連絡ください」

「わかりました」

田所は受話器を置いた。

――今夜中に入稿すればいいんだろうから、二週分の原稿を書いちまおう。

田所は机の上に原稿用紙を拡げ、万年筆を走らせはじめた。同業者の多くがパソコンを使っているが、彼はいつも手書きだった。すでに頭の中で、記事の起承転結はでき上がっている。筆は澱《よど》みなく走った。

一時間に六枚は書けた。結びの一行を書き終えたのは、四時間後だった。

田所は一服すると、『現代ジャーナル』の編集部に電話をした。

「二回分の原稿を書き上げてくれたんですか。それは、ありがたいなあ。それじゃ、原稿を取りに伺いましょう」

副編集長が嬉しそうに言った。

「どうせ暇ですから、お届けしますよ」

「しかし、それでは申し訳ないな」

「かまいません。もう少ししたら、こちらを出ます」

田所は電話を切った。

それから彼は原稿を読み返し、誤字や脱字のチェックをした。さらに、文体のリズムの乱れを正す。その作業が済むと、部屋を出た。午後五時をだいぶ回っていた。

地下駐車場の車に乗り込み、すぐに発進させた。『現代ジャーナル』を発行している雑誌社は、護国寺《ごこくじ》にあった。三十数分で着いた。

車を雑誌社の駐車場に入れかけたときだった。

不意に、車の前に若い男が飛び出してきた。

田所は慌ててブレーキを踏んだ。衝撃はなかったが、男の体が沈んだ。倒れたのか。田所は不安になって、急いで車を降りた。

その直後だった。背中に堅い物を押しつけられた。どうやら拳銃の銃口らしい。

「原稿はどこにある？」

後ろで、男の野太い声がした。

「何のことだ？」

「しらばっくれるんじゃねえ」

「湯浅の回し者だな」

田所は言った。そのとき、車の前にいる男が立ち上がった。無傷のようだ。男の顔を見て、田所は声をあげそうになった。三村真由子を水中銃で撃ち殺した男だったからだ。

男の頬《ほお》には、線状の傷がうっすらと残っていた。田所がつけた傷だった。前歯もない。

「おい、車の中を検《しら》べろ」

田所の背後に立った男が、薄笑いをしている前歯のない男に命じた。

真由子を殺した男が車内に半身を入れる。田所は、半開きのドアを勢いよく押した。前歯のない男が呻《うめ》いて、シートに前のめりに倒れた。すかさず田所はローファーの踵《かかと》で、後ろにいる男の向こう脛《ずね》を蹴《け》りつけた。的《まと》は外さなかった。

「てめえ、死にてえのか！」

背後の男が圧《お》し殺した声で言い、拳銃らしき物を強く押しつけてきた。田所は反撃することを諦めた。

「早く原稿を探せっ」

後ろの男が、歯なし男を怒鳴りつけた。

ほどなく男が助手席の上の書類袋を摑《つか》み上げた。

田所は絶望的な気分になった。その書類袋の中には、生《なま》原稿が入っていた。コピーは取っていなかった。

「原稿、ありましたぜ」

歯なし男が書類袋を高く掲げて、兄貴分らしい男に告げた。

「そうか。そんじゃ、おめえはこの野郎の車に乗って後からついて来い」

「わかりやした」

前歯のない男が、田所のＢＭＷに乗り込む。

田所は背後にいる男に問いかけた。

「おれをどうする気なんだ？」

「ちょっとつき合ってもらうぜ」

男が堅い物で、田所の背中を押した。十メートルほど離れた路上に、グレイのキャデラック・セビルが停《と》まっている。

田所は運転席に目を向けた。そこには、剃髪頭《スキンヘッド》の若者が坐っていた。スポーツキャップの男だった。

――この坊主頭の男が植草利直をナイフで刺したんだな。

田所は確信を深めた。

スキンヘッドの男が車から降り、シートを前に倒した。背後の男が田所に言った。

「車に乗んな」

「どこに連れて行く気だ」

田所は振り返った。

なんと後ろの男は、浅倉佳奈の独立記者会見のときに見かけた手の甲に刺青《いれずみ》のある人物だった。

――こいつは植草のボディーガードだったようだが、独立記念パーティーのときは刈谷という男と一緒だったな。どういうことなのか。

田所は、何かからくりがあると直感した。

「もたもたするな」

刺青の男に小突かれ、田所は後部座席に身を入れた。

後から、男が乗り込んでくる。手にしている物は、やはり自動拳銃だった。銃身には、黒っぽい布が巻きつけられている。銃口だけが顔を出していた。不気味だった。

スキンヘッドが運転席に坐った。キャデラックが急発進する。

田所は、隣の刺青男に顔を向けた。

「あんたとドライブする気分じゃないんだがな」

「気障《きざ》なことを言うんじゃねえ」

男が銃把《グリップ》の底で、田所の太腿《ふともも》を撃ち据えた。田所は痛みに低く呻いた。

「さっきのお返しだよ」

「ずいぶん荒っぽい返礼だな。歩けなくなったら、あんたにオンブしてもらうぜ」

「おめえ、いい度胸してんなあ。堅気にしておくのは、もったいねえよ」

男が言いざま、拳銃の銃床で田所のこめかみを一撃した。

一瞬、目が霞んだ。田所は、半ばシートからずり落ちていた。

「おとなしくドライブにつき合えや」

男が薄く笑った。

田所はシートに坐り直して、こめかみに手を当てた。指先が血糊《ちのり》で染まった。チノパンツの尻《しり》ポケットからハンカチを抓《つま》み出して、傷口にそっと押し当てる。

「おう、ちょっと急げ！」

刺青男が、ステアリングを操っているスキンヘッドの男に命じた。スキンヘッドはうなずいて、車の速度を上げた。

やがて、キャデラック・セビルは高速五号池袋線《いけぶくろせん》に入った。そのまま江戸橋《えどばし》インターチェンジまで一気に進み、箱崎《はこざき》インターチェンジから高速九号線に入る。

――まさかおれを東京湾に沈める気じゃないだろうな。

田所は、さすがに落ち着かなくなった。

車が停まったのは、有明《ありあけ》の倉庫街だった。あたりは倉庫ばかりで、民家は見当たらない。

「降りな」

先に車を降りた刺青の男が、田所に命令した。

その手には、相変わらず拳銃が握られている。ベレッタM84だった。

――あの拳銃は確かダブル・アクションで、十三発装塡できるダブル・コラムマガジンだったな。

田所は外に出た。

六時半を過ぎていたが、まだ残照で明るい。その明るさが恐怖心をいくらか和《やわ》らげてくれた。

近くに、田所の車が停まった。痩せた男が降りてくる。

スキンヘッドの男は、とうにキャデラックの運転席を離れていた。

「野郎を倉庫の中に入れろ」

手の甲に刺青をした男が舎弟分たちに命じた。スキンヘッドと歯なし男が、田所の両腕を乱暴に掴んだ。田所は逆らわなかった。

庫内は薄暗かった。

高窓があるきりだ。奥に、鋼材が積み上げられている。クレーンもあった。

田所は隅の事務所に連れ込まれた。

誰もいなかった。事務机もロッカーも埃《ほこり》に白く覆われていた。

「原稿はどうした？」

刺青男が、前歯のない男に声をかけた。

歯なし男は黙って、書類袋を差し出した。刺青男が書類袋から原稿を掴み出し、ざっと目を通す。

「原稿、返せよ」

田所は男に言った。

「なかなか味のある字を書くじゃねえか。この原稿、百万で買ってやらあ」

「おまえらに売る気はない」

「じゃあ、只《ただ》で貰《もら》っとくぜ」

刺青の男は前歯のない男に拳銃を渡すと、クリーム色の上着のポケットからデュポンのオイルライターを抓《つま》み出した。田所は声を投げつけた。

「燃やす気かっ」

「真夏に焚火でもねえけどな」

男がライターを鳴らし、油煙混じりの炎を原稿用紙の束に近づけた。

田所は足を飛ばした。男の右手から、ライターが落ちた。

「動くと、ぶっ放すぞ」

歯なし男が大声で威嚇した。

田所は、固めた拳《こぶし》をほどいた。刺青の男がライターを拾い上げ、原稿用紙の束に火を点《つ》けた。炎が大きく躍り上がる。男は原稿用紙の束を足許に落とした。床はコンクリートだった。

落ちた瞬間、炎が小さくなった。

田所はかすかな期待を抱いた。しかし、火は消えなかった。ほどなく炎は勢いづき、原稿用紙を舐《な》めはじめた。

「命が惜しかったら、湯浅院長に聞かせた録音音声のありかを言うんだな」

刺青男が言って、前歯のない男の手から拳銃を捥取《もぎと》った。

田所は沈黙を守っていた。

「土居って野郎の寝言が入ってる音声を素直に渡しゃ、痛めつけたりしねえよ。このくそ暑いのに、汗なんかかきたくねえからな」

「あれは渡せない」

田所は刺青の男を睨《ね》めつけて、きっぱりと言った。男が険《けわ》しい顔つきで、二人の舎弟分に目配せした。

スキンヘッドの男が、横から回し蹴りを浴びせかけてきた。辛《かろ》うじて躱《かわ》す。

次の瞬間、歯なし男が後ろから組みついてきた。田所は腰を横にずらし、背後の男の腹を肘《ひじ》で打った。エルボーパンチだ。

男が喉《のど》を軋《きし》ませた。体勢を整えたとき、相手の頭突きを喰《く》らっていた。身を屈《かが》めると、もう一発、頭突きがきた。眉間《みけん》をまともに打たれてしまった。

視界がぼやけた。

股間《こかん》を蹴られ、田所はうずくまった。間髪《かんはつ》を容《い》れずに、スキンヘッドの男のキックが飛んできた。

田所は両手で、相手の足首を摑んだ。そのまま剃髪頭の男を引き倒し、素早く身を起こす。

すぐに相手も起き上がる気配を見せた。

田所は、相手の顎《あご》を蹴り上げた。相手の体が吹っ飛んだ。田所は振り向きざまに、前歯のない男の顔と腹にトリプルブロウを叩《たた》き込んだ。きれいに決まった。

歯なし男が膝《ひざ》から崩れた。

田所は、倒れた相手の側頭部をキックした。

起き上がった剃髪頭が、闘牛のように頭を低く構えて突進してくる。田所はやや腰を落として、相手を受けとめた。

強烈な頭突きが、彼の内臓を灼《や》いた。

苦い胃液が込み上げてくるのを感じながら、田所はスキンヘッドの男の顔面を膝頭で数度蹴り上げた。男は、その場にしゃがみ込んだ。

「よし、そこまでだ」

刺青男が、田所のこめかみに拳銃の銃口を押し当てた。

ちょうど傷口だった。田所は口の中で呻いて、男に向き直った。その瞬間、銃把《グリップ》で顎を強打された。

田所は壁まで飛ばされ、床に転がった。顎の肉が切れたらしい。顎の先から、鮮血が雨垂れのように滴《したた》っている。

刺青男が近寄ってきた。

田所は両手をついて、身を起こそうとした。だが、力が入らない。男は靴の踵で、田所の右手の甲を踏みつけた。

思わず田所は声をあげた。

痛みは鋭かった。頭の芯《しん》まで霞んだ。

「録音音声はどこにある？」

頭上から、刺青男の声が降ってきた。

田所はうずくまったまま、左手でジャケットの内ポケットからボールペンを抜き取った。

男は気がつかない。田所はボールペンの先で、相手の脹《ふく》ら脛《はぎ》を力まかせに突いた。

刺青男が跳び上がった。

田所は身を起こすなり、男の鳩尾《みぞおち》を頭で突いた。

刺青男が身を折る。反撃のチャンスだ。

田所はショートアッパーを浴びせた。男がのけ反る。

手からベレッタM84が落ちた。田所は自動拳銃を拾った。

男が立ち上がって、手を差し出した。

「拳銃《シャカ》を返しな。堅気《ネス》がいじれるもんじゃねえよ」

「おれはアメリカに行ったとき、射撃場で腕が痺《しび》れるほど撃ちまくったことがあるんだ」

田所はわずかに的を外して、ベレッタM84の引き金を絞った。

ベレッタが銃口炎《マズル・フラッシュ》を吐き、空薬莢《からやっきょう》が舞い上がった。硝煙が横にたなびく。放たれた弾丸は、事務所の合板壁をぶち抜いていた。

刺青男が後ずさりした。田所はゆっくりと近づいて、銃身を男の口中に捩《ねじ》入れた。

「拳銃をフェラチオする気分はどうだい？」

田所は嘲笑《ちょうしょう》し、刺青男の急所を蹴りつけた。

男の体が沈んだ。田所は銃把の角で、相手のこめかみを殴りつけた。

血がしぶいた。刺青男は悲鳴を放って、俯《うつぶ》せに倒れた。

「おまえたち、ベルトを抜いて、刺青の旦那《だんな》の手足を縛れ！」

田所は剃髪頭と歯なし男に命じた。

男たちは素直に命令に従った。二人とも、すっかり怯《おび》えきっていた。

「おまえたちは誰に頼まれて、植草をナイフで刺したんだ？」

田所は、スキンヘッドの男に訊《き》いた。

「植草なんて奴、知らねえよ」

「湯浅院長に頼まれたんだろ。え！」

田所は、相手の額に銃口を押し当てた。すると、坊主頭の若者が無言でうなずいた。

「やっぱり、そうだったか。おい、キャデラックのキーを出せ！」

「車につけたままだよ」

「そうか」

田所は言葉を切って、前歯のない男に顔を向けた。

「おれの車のキーはどうした？」

「車の中だよ」

「よし。それじゃ、おまえらの車の所まで歩いてもらおう」

田所は拳銃で脅しながら、二人の男を倉庫の外に連れ出した。それから彼は、男たちのスラックスを脱がせた。

男たちは従順だった。

田所は、男たちのスラックスを目の前の運河に蹴落とした。

「てめえ、何しやがるんだっ」

歯のない男が気色《けしき》ばんだ。それに勇気づけられたのか、スキンヘッドの男が懐から匕首《あいくち》を摑み出した。

「やる気か」

田所はせせら笑って、ベレッタM84の引き金を無造作に引いた。

弾丸は二人の男の前を駆け抜けた。むろん、本気で撃つ気はなかった。威嚇射撃だった。

「おい、ビビるな。奴にゃ撃てやしねえよ」

歯なし男が、怯《ひる》んだスキンヘッドをけしかけた。

剃髪頭の男は首を振りながら、手にしていた刃物を前歯のない男に無言で渡した。

歯なし男は匕首を押しつけられて、明らかに困惑している。

田所は茶化した。

「よう、どうした？」

「てめえなんか、ぶっ殺してやらあ」

前歯のない男は息巻くだけで、一歩も踏み出そうとしない。

拳銃を構えたまま、田所は男たちに近づいた。と、男たちが相前後して運河に垂直に飛び込んだ。

田所はキャデラックのキーを抜き取ると、拳銃と一緒に運河に投げた。遠くで、水音が響いた。

「潜って、拳銃でも探せよ」

田所は男たちをからかって、ＢＭＷに乗り込んだ。

こめかみと顎の血は止まっていたが、痛みはかなり鋭い。刺青男に踏みつけられた右手も、脈打つように疼《うず》いている。

雑誌社まで運転していけるだろうか。

自信はなかった。さりとて、タクシーの拾える場所ではない。それに、車を置いていくのは心配だ。

田所は車を静かにスタートさせた。

ステアリングを動かすたびに、右手の甲に激痛が走った。指骨か、中手骨に罅《ひび》が入っているのかもしれない。

田所は血塗れのハンカチで、右手首をステアリングに括《くく》りつけた。それでも、休み休みに運転しなければならなかった。

雑誌社にたどり着いたのは、一時間数十分後だった。夜の色が濃くなっていた。

田所は五階にある『現代ジャーナル』の編集部に直行した。

部屋に入る。副編集長がすぐに田所に気づき、走り寄ってきた。向き合うなり、相手が言った。

「その傷、どうしたんです⁉」

「湯浅の回し者らしい奴にやられたんです。そいつらに原稿を奪われて、燃やされてしまって……」

田所は経過をつぶさに語った。話し終えると、副編集長が言った。

「湯浅があなたに圧力をかけてきたということは、やっぱり作為的《さくいてき》な手術ミスがあったんですね！」

「ええ、間違いありませんよ。燃やされた原稿の大筋は憶《おぼ》えてますから、すぐに書きます」

「でも、右手を怪我《けが》してるじゃありませんか」

「前編の十二枚ぐらいなら、なんとか書けると思います。どこか部屋を貸してください」

「その怪我じゃ、無理ですよ」

「しかし、今夜中に入稿しなければならないんでしょ？」

「朝までなら、なんとか時間を延ばせます。そうだ、口述筆記でいきましょう。わたしが筆記しますよ」

「それでは、なんか申し訳ないな」

「どうぞお気遣いなく」

「それじゃ、そうさせてもらおうかな。正直言うと、右手がズキズキしてるんです」

「そうでしょうね。口述筆記にかかる前に、まず傷の手当てをしてもらいましょう。わたしの叔父貴が高田馬場《たかだのばば》で、開業医をやってるんですよ。専門は皮膚科だから、あまり頼りにはならないと思うけど、応急手当てぐらいはできるでしょう。それに叔父貴のところなら、無理も利きますしね」

「手当ての必要はありません。もう血は止まってますしね」

「大事を取るべきですよ。これから、すぐに行きましょう」

副編集長に強く言われ、田所は断れなくなった。

二人はタクシーで、高田馬場にある皮膚科医院に行った。小さな医院だった。

副編集長の叔父に当たるという医師は、快く診《み》てくれた。こめかみと顎の傷は、思いのほか浅かった。しかし、手は外科医に診せるよう言われた。

応急手当てが済むと、医師は鎮痛剤を出してくれた。

田所たちは、すぐさま雑誌社に舞い戻った。

少し休んでから、会議室で口述筆記に取りかかる。口述は初めてだった。書くようには、言葉が滑らかに出てこない。ひどくもどかしかった。

それでも時間が経《た》つにつれ、だんだん調子が出てきた。

前編分の口述筆記が終わったのは、およそ三時間後だった。田所は副編集長が書き取ってくれた原稿に目を通し、文脈のおかしいところを訂正した。

「ありがとうございました」

副編集長が、原稿を押しいただくような仕種《しぐさ》をした。

「かえって、こちらこそご迷惑をかけました。タイトルと小見出しは、そちらでつけてください」

「わかりました。田所さん、仮眠室で少し休まれていかれたら、どうです？」

「大丈夫ですよ」

「でも、車なんでしょ？」

「なんとか運転できると思います」

「車、置いていかれたら？　社の契約タクシーを出しますよ」

「いいえ、結構です。それじゃ、きょうはこれで失礼します」

田所は副編集長に会釈し、すぐに会議室を出た。

## 2

瞼《まぶた》の上が仄白《ほのじろ》い。

田所は目を覚ました。

室内は、さほど暗くなかった。朝が訪れたようだ。

田所は身を起こしかけて、顔をしかめた。右手に尖《とが》った痛みを覚えたからだ。

昨夜、無理をして雑誌社から車を運転してきたのがいけなかったのか。前夜、ベッドに潜り込んだときよりも、だいぶ痛みが強まっている。

鎮痛剤を服《の》んでおく気になった。

田所は体を庇《かば》いながら、ベッドを滑り降りた。

窓のカーテンを開ける。眩い光が瞳《ひとみ》を射た。

田所はサッシ窓を開け放つと、床に脱ぎ捨てたジャケットを掴み上げた。ポケットから鎮痛剤を取り出し、ダイニングキッチンに急ぐ。

田所は水で薬を流し込んだ。

電話が鳴ったのは、その直後だった。田所は仕事机に走り寄り、プッシュホンの受話器を取り上げた。

「わたしよ」

浅倉佳奈だった。

「やあ、おはよう」

「麻酔医の土居が伊坂という看護師と心中したこと、知ってる？」

「あの二人が心中したって⁉」

「ええ、そう。今朝の朝刊に、その記事が載ってるわ」

「二人はどんな死に方をしたと書いてあった？」

「ガスによる爆死よ。二人は土居の部屋で、ガスを放ったらしいの。ベッドの下に、タイマー付きの発火装置を仕掛けておいたようよ。部屋ん中には睡眠薬の瓶もあったっていうから、おそらく二人は睡眠薬を服《の》んでから、ガス栓を開いたのね」

「遺書は？」

「そういうものはないみたい。わたし、二人が心中したなんて、何となくおかしいと思うの。田所さんはどう思う?」

「おそらく湯浅院長が仕組んだ偽装心中だろうな」

「ええ、考えられるわね」

「植草氏をどこか別の病院に移そう」

「どうして、急に?」

「湯浅が、きみの彼氏の殺害を考えてるかもしれないからだよ」

「でも、まさかそこまでは……」

「わからないぜ。湯浅はどういう理由からかはわからないが、植草氏をわざと植物状態にした男だ。それから多分、土居たち二人も消した冷血漢なんだ」

「話はわかったわ。でも、彼を受け入れてくれる病院があるかしら?」

佳奈が不安そうに訊いた。

「先輩の外科医に相談してみるよ」

「よろしくね」

「ああ。どこから電話してるんだい?」

「代々木上原のマンションよ。きょうはオフなの」

「折り返し連絡するから、そこで待っててくれ」

田所は電話を切った。すぐに高校時代の先輩の勤める大学病院に電話をした。先輩の倉持秀行は医局にいた。

「このあいだ話した植草利直という植物状態の男を先輩の病院に転院させてくれませんか？」

「いきなり、どういうことなんだ？」

「植草は湯浅院長に殺されるかもしれないんです」

田所は経緯《いきさつ》を詳しく話した。すぐに倉持が口を開いた。

「おまえの思い過ごしじゃないのか？」

「そうかもしれません。しかし、事が起きた後では遅すぎるんです。だから、用心のために植草を安全な場所に移したいんですよ。先輩、力になってください！」

「おまえがそれほどまでに言うんなら、その人をおれの身内ということにして、緊急入院の手続きをするよ。ただし、先方の院長が退院を許すかどうかわからんぞ」

「力ずくでも退院させますよ。先輩は入院の手続きをよろしく！」

田所はフックを押すと、佳奈のマンションに電話をかけた。

「彼の受け入れ先が決まったよ。例の先輩が、緊急入院の手続きをとってくれることになったんだ」

「ありがとう。でも、奥さんが彼の転院に同意するかな？」

「何が何でも植草氏を転院させるんだ」

「う、うん」

「一時間後に、病院で落ち合おう」

田所は電話を切った。すぐに里穂の携帯電話を鳴らす。

「四輪の免許証を持って、大急ぎでこっちに来てくれ！」

「どうしたのよ、ヤブから棒に？」

「植草利直が湯浅に消されるかもしれないんだ。だから、彼をこれからすぐに転院させようと思ってる。おれはちょっと怪我をしてるんで、車の運転が出来ないんだ」

「怪我をしてるって、何があったの？」

「詳しいことは、後で話すよ」

「ね、あの病院の麻酔医と看護師が心中したわね」

「その話も後だ。すぐに来てくれ」

田所は受話器を置いた。

洗顔を済ませ、部屋を出る。田所は一階の郵便受けから、朝刊を抜き取った。

地下駐車場に向かいながら、社会面を拡げる。土居と伊坂弥生が心中を遂げたことは、大きく報じられていた。

田所はＢＭＷに乗り込み、その記事を改めて読んだ。やはり、偽装心中臭い。

十数分経ったころ、バイクに乗った里穂がやってきた。

田所は助手席に腰を移した。

バイクのエンジンが静止した。里穂が、脱いだヘルメットをミラーに掛けた。単車から降りると、すぐに彼女はＢＭＷの運転席に滑り込んできた。

「悪いな」

田所は里穂に言った。

「顔と手、どうしたの？」

「きのうの夕方、湯浅の回し者に有明の倉庫に連れ込まれて、やられたんだよ。書き上げた原稿を『現代ジャーナル』に届ける直前に、そいつらに襲われたんだ。原稿は燃やされてしまったが、なんとか逃げ出して口述筆記で間に合わせたよ」

「きっと、その連中は何日か前からあなたを尾《つ》けてたのね」

「尾行にはまるっきり気づかなかったが、多分、そうだったんだろう」

「あなたのこと、どうやって調べたのかしら？」

「おれを襲った三人組のひとりは、水中銃の男だったんだよ」

「ええっ、じゃあ……」

「ああ、奴らは一連の事件に絡んでるな」

「手には、どんな怪我をしたの？」

「靴の踵で、手の甲を踏みつけられたんだ。かなり痛いから、おそらく骨に罅《ひび》が入ってるんだろう」

「なんてひどいことを！」

「入院しないで済んだんだから、運がよかったよ。それより、湯浅の病院に急ごう。浅倉佳奈と落ち合うことになってるんだ」

「それじゃ、行きましょう」

里穂がエンジンを始動させた。

車は滑らかに走りはじめた。里穂のハンドル捌《さば》きは鮮やかだった。

田所がこれまでの経過を語り終えたとき、車は湯浅外科病院の前の公道に入った。病院の前に、数台のパトカーが停まっていた。路上には、警官や野次馬の姿が見える。

「何かあったのかしら？」

「そうらしいな。このへんに車を駐《と》めて、とにかく行ってみよう」

「ええ」

里穂が減速し、ＢＭＷを路肩《ろかた》に寄せた。

車を降りると、二人は病院まで走った。表玄関のドアは封鎖されていた。

幾人かの野次馬が中を覗《のぞ》き込んでいる。田所は野次馬のひとりに問いかけた。

「病院の中で、何があったんです？」

「よく知らねえけど、ここの院長が特別室の患者を薬殺して、自分も同じ劇薬溶液を静脈に注射して自殺したんだってさ」

職人風の中年男が振り返って、小声で答えた。

「薬殺されたのは、男なんでしょうか？」

「植物状態の男の患者だったらしいよ」

「そうですか」

田所は、めまいに似たものを覚えた。薬殺されたのは植草利直にちがいない。かたわらの里穂に目をやる。里穂の顔には、驚愕《きょうがく》の色が貼《は》りついていた。

「ひと足遅かったな」

「まだ、植草利直が殺されたと決まったわけじゃないわ」

「おれも、そう思いたいがね。佳奈、遅いな。ひょっとしたら、中にいるんだろうか」

田所は、あたりを見回した。

ちょうどそのとき、佳奈が駆け寄ってきた。

田所は、里穂にアイドル歌手を紹介した。それから彼は、佳奈に言った。

「きみの彼氏は殺されたかもしれないんだ」

「えっ⁉」

「まだ確認したわけじゃないが、おそらく湯浅に殺されたんだと思う。湯浅も自分で果てたようだ」

「嘘《うそ》よ。と、利直さんが死んだなんて」

佳奈は虚《うつ》ろに呟《つぶや》くと、その場に頽《くずお》れた。

田所は佳奈を抱き起こして、里穂に耳打ちした。

「すまないが、きみは警官のところに行って、湯浅に殺されたのが植草氏かどうか確認してきてくれないか」

「わかったわ」

里穂が小走りに走りだした。

田所は必死に佳奈を力づけた。佳奈は喘《あえ》ぐだけで、何も答えなかった。

数分経つと、里穂が制服の警官を伴って戻ってきた。田所は目顔で、里穂に問いかけた。すると、里穂が深くうなずいた。

「植草利直さんのお知り合いだそうですね？」

警官が立ち止まって、佳奈に語りかけた。佳奈が、わずかに顔を上げた。

次の瞬間、彼女の口から悲鳴に近い嗚咽《おえつ》が迸《ほとばし》った。

「植草利直氏の恋人ですよ」

田所は警官に告げた。

「あなた方は？」

「この娘《こ》の友人です。検視中なんですか？」

「いま、終わったところです。これから遺体を解剖に回すところですけど、亡骸《なきがら》と対面なさいますか？」

警官が佳奈に訊《き》いた。佳奈は泣きじゃくりながら、深くうなずく。

「この娘がこういう状態ですから、付き添ってもいいでしょ？」

「ええ。ご案内しましょう」

制服警官は田所の問いに答えると、先に歩きだした。田所と里穂は佳奈を両側から支えながら、後に従った。

警官に導かれて、裏門から病院の中に入る。

鑑識課員らしい男たちが緊張した面持ちで走り回っていた。

一階のエレベーターホールの脇《わき》に、二台のストレッチャーが見える。白い布は人の形に盛り上がっていた。手前のストレッチャーに取り縋《すが》って、号泣している女がいた。植草綾子だった。

警官が目礼し、歩み去った。

田所たち二人は、佳奈をストレッチャーの前まで連れていった。三人が足を止めると、綾子が振り返った。ほとんど同時に、目が尖《とが》った。

「何よ、あんた！」

綾子が、佳奈に摑みかかった。

佳奈は綾子を押しのけるようにして、一歩前に進み出た。震える白い手で、白布の端を捲る。土気色の顔が現われた。紛《まぎ》れもなく、植草利直だった。

「利直さん！」

佳奈は高く叫ぶと、恋人の亡骸に取り縋った。

すぐに涙にくれた。泣き声が高くなると、綾子がストレッチャーから離れた。

その足取りは、少しも乱れていなかった。号泣していたときの様子とは、あまりにも異《こと》なる。

――なぜ湯浅は急に植草を殺して、死ぬ気になったんだろうか。植草を薬殺するのは一種の証拠隠滅《いんめつ》だから、よくわかる。しかし、自分も死ぬなんて、どうも俯《ふ》に落ちない。

田所は佳奈の波打つ背中を見つめながら、首を傾げた。いつの間にか里穂は佳奈のそばに立ち、アイドル歌手の肩を抱いてやっていた。

ふと田所は、誰かに見られているような気がした。さりげなく首を捻《ひね》ると、少し離れた場所に刑事らしい男が立っていた。四十絡みだった。

田所は、その男に近づいた。

「失礼ですが、警察の方でしょうか？」

「そうです」

「わたしは殺された植草氏と多少の縁のある者ですが、二、三、教えてください」

「どういうことをお知りになりたいんです？」

「院長は、どこで死んでたんでしょう？」

「二階の被害者の病室です」

刑事が答えた。

「そうですか。警察では湯浅院長が植草さんを薬殺して、自害したという見方をしてるようですが、何か確かな証拠でも？」

「二人の手首に、それぞれ黒い数珠《じゅず》が巻いてあったんですよ。被害者の植草さんは動けない体だから、当然、ここの院長が数珠を巻いたことになりますよね。それに、院長の遺書があったんです」

「どんな遺書だったんでしょう？」

田所は刑事に訊いた。

「麻酔ミスから植草さんをこんな体にしてしまって、申し訳ないと思っていた。麻酔医と看護師が責任を感じて死を選んだのに、のうのうと生きていられない。植草さんには気の毒だが、回復の見込みもないので、道連れにさせてもらう――そんな内容でした」

「遺書は手書きだったんですか?」

「いや、パソコンで打たれたものでした。ここの院長は、ふだんからパソコンで手紙や通信文を作成してたらしいんです」

「そうだとしても、遺書までパソコンで打つもんでしょうか?」

「時代が変わったんでしょうな。つい先月、この管内で大学生が自殺したんですけど、ＩＣレコーダーに遺言が吹き込んであったんですよ」

刑事が小さく苦笑した。

しかし、湯浅はもう若くはない。ふだんパソコンを使ってるからといって、遺書までそれで書くだろうか。

田所はそう思いながら、刑事に問いかけた。

「院長の家族からは、もう事情聴取を済ませたんですか?」

「ええ」

「家族の方は、院長のこういう行動をある程度は予想してたんでしょうかね?」

「いや、まったく予想してなかったようですよ。来週、家族で海外旅行をすることになってたらしいから」

「そういう話を聞くと、どうも不自然だな。ところで、薬剤はなんだったんです?」

「回虫なんかを駆除する薬剤でした。その溶液を大量に注射したようですよ」

「注射器は、現場に落ちてたんですね？」

「ええ、そうです。あんた、妙に突っ込んだ話をしてくるな。事件に何か不審な点でも抱いてるんですかっ」

「いいえ、別に。どうもありがとうございました」

田所は刑事に礼を言って、ストレッチャーの置いてある所に戻った。

佳奈が遺体に抱きついて、しゃくり上げていた。

「湯浅院長が植草利直を道連れにして死んだこと、何か不自然な気がしない？」

里穂が近寄ってきて、田所に低く言った。

「ああ、するね。湯浅は、自殺するようなひ弱な男じゃない。奴は植草利直と一緒に消されたんだろう」

「いったい誰に⁉」

「それはまだはっきりしないが、これは、これまでの一連の事件と繋がってるはずだよ。おれを襲った連中のリーダー格の男は植草とつき合いがあったが、奴はもうひとりの人物とも結びついてるんだ」

田所は言った。

「その人物って、誰なの？」

「植草が『エコー企画』に移る前に勤めてた『ペガサス音楽事務所』の社長だった男

だよ。刈谷正道という奴だ」

「『ペガサス音楽事務所』って、確か数年前に倒産したんじゃなかった？」

「ああ、そうらしいな。芸能レポーターの内山陽太郎から聞いた話だと、刈谷は現在、刈谷総業って会社の社長で、不動産やゴルフの会員権の売買なんかをやってるそうだ。どことなく怪しげな人物なんだよ」

「その刈谷って男が一連の事件にどう絡んでるの？」

「そこのところが判然としないんだが、刈谷は芸能プロの仕事になんだか未練がありげなんだ。その刈谷って男、佳奈の独立記念のパーティーに来てたんだよ」

「そうなの」

「もしかしたら、あいつは植草の後ろで糸を引いてたんじゃないのかな。それで何かトラブルがあって、刈谷は湯浅を使って邪魔になった植草をまず植物状態にした。そして、さらにこういう形で植草と湯浅を抹殺した。きっとそうにちがいない」

「刈谷の狙《ねら》いは何なの？」

　里穂が訊いた。

「おそらく、奴は芸能プロを再興することを目論《もくろ》んでたんだろう。それで、植草に近づいた。待てよ、逆かもしれないな。植草が、刈谷を陰のオーナーに担ぎ出したとも考えられる。いずれにしても、最初は二人の利害は一致したはずだ」

「ところが途中で何かがあって、二人は仲違《たが》いしたと言うのね？」

「多分な。ひょっとしたら、平松貴光からはじまった連続殺人事件のシナリオを書いたのは刈谷なのかもしれない。奴自身の手は少しも汚してないようなんだ。どの事件も、表面に出てくるのは筋者らしい男たちだけだからな」

「そうだとしたら、大悪党ね」

「ああ。刈谷のことを徹底的に調べ上げてやる。必ず何か奴の尻尾《しっぽ》を摑めるはずだ」

田所は低く呟いた。

少し経つと、警察の男たちが近づいてきた。

男のひとりが佳奈をストレッチャーから引き剝《は》がした。佳奈は泣き叫んで、警官たちをてこずらせた。男たちは誰にともなく一礼し、二台のストレッチャーを非常口の方に運んでいった。

田所は佳奈を見た。佳奈は壁を拳で打ち据えながら、身を揉《も》んでいた。

里穂が佳奈に歩み寄り、無言でアイドル歌手の肩を包み込んだ。佳奈の泣き声が一段と高くなった。

――植草は危険な奴だったが、佳奈にはかけがえのない男だったんだろう。

田所は体の向きを変えた。痛々しくて、佳奈を正視していられなかった。

時間が流れた。

佳奈の嗚咽が熄《や》んだ。田所は里穂を手招きした。

「なあに？」

里穂が小声で問いかけてきた。

「このまま、あの娘をひとりで帰すわけにはいかない。グロリアホテルの事務所か、代々木上原のマンションまで送り届けてやろう」

「わたしも、そうしてあげようと思ってたとこよ」

「そうか。じゃあ、そろそろ行くか」

二人は、佳奈のいる場所まで歩いた。

里穂がアイドル歌手の片腕を取った。田所は反対側に回り込んで、もう一方の腕をやわらかく摑んだ。

佳奈は、いまにも倒れそうだった。その瞳は焦点を結んでいなかった。頭の中は空白なのかもしれない。

「さあ、帰ろう」

田所は佳奈に声をかけた。佳奈は小さくうなずいたきりだった。

やがて、三人はＢＭＷに乗り込んだ。

里穂が運転席に入り、田所と佳奈は後部座席に坐った。すぐに佳奈は崩れるような感じで、田所に凭《もた》れかかってきた。田所は佳奈の肩に腕を回した。

「自宅に帰る？　それとも、事務所の方がいいかしら？」

里穂がイグニッションキーを回してから、佳奈に問いかけた。佳奈は何も答えなかった。

「お家の方が、きっと気持ちが落ち着くわね」

里穂は車を発進させた。

次の瞬間、佳奈が泣きはじめた。泣き声は、叫びに近かった。

田所は、佳奈の頭を黙って撫《な》でつづけた。それしかしてやれない自分が、ひどく情けなかった。

3

寝息が洩《も》れてきた。

さすがに佳奈は泣き疲れたようだ。

田所は忍び足で、アイドル歌手の寝室を出た。少女趣味の色濃い寝室だった。人形や動物の縫いぐるみがあふれていた。

広い居間に移ると、里穂が問いかけてきた。

「佳奈ちゃん、眠ったの？」

「やっとな。彼女の親父《おやじ》さんに連絡してくれたか?」

「もうだいぶ前に電話したわ。間もなく、こちらに見えるんじゃないかしら?」

「親父さんが来たら、おれたちは引き揚げよう」

「そうね」

「おれ、一足先にここを出て車の中で待ってる」

「どうして? そうか佳奈ちゃんのお父さんと顔を合わせたくないのね」

里穂は察しがよかった。

田所は先に部屋を出て、エレベーターで地下駐車場に降りた。車に乗り込んで間もなく、近くに白いレクサスが停まった。

その車から降りたのは、佳奈の父親だった。

田所は体を伏せた。佳奈の父親は脇目《わきめ》もふらずに、エレベーターホールに向かった。

ほっとして、田所は身を起こした。煙草を喫いながら、里穂を待つ。

里穂がやってきたのは、およそ十分後だった。

田所は、運転席側のドアを内側から押し開けてやった。里穂が滑り込んでくる。

「どうもご苦労さん!」

田所は里穂を犒《ねぎら》った。

「あなたこそ、お疲れさまでした」

「おれは何もしちゃいないよ。ただ、佳奈のそばにいてやっただけさ」

「わたしだって、何もしてあげられなかったわ」

「いや、きみの存在は大きかったよ」

「そんなことより、植草利直の自宅に行ってみない？」

　里穂が言った。

「なぜ、植草の家に？」

「これは女の直感にすぎないんだけど、植草夫人は刈谷という怪しげな人物と何らかの繋がりがあるような気がするの」

「おれも、植草の細君はマークする必要があるなって思ってたんだ」

「そう。家、わかる？」

「ああ、佳奈に住所を教えてもらったんだ」

「それじゃ、行ってみましょうよ」

「そうしよう。何か思いがけない手がかりを得られるかもしれないからな」

　田所は同意した。里穂がエンジンを始動させた。

　ほどなくＢＭＷは、磁器タイル張りの高級マンションの地下駐車場を出た。

　外は暗かった。夜の七時を過ぎていた。

　田所は、ステアリングを握っている里穂に方向を指示した。車は井《い》の頭通《かしらどお》りをしばらく走り、大原《おおはら》二丁目の交差点を右折して環七通りを突き進んだ。

目的の分譲マンションは、西武池袋線の中村橋駅の近くにあった。十三階建てだった。

一階の集会所の前に、黒い花輪がいくつか並んでいた。

すでに植草の亡骸は、大学の法医学教室からマンションの集会所に移されているようだった。通夜の弔問客が慌《あわ》ただしく出入りしている。

田所は、車をマンションの斜め前の路上に停めさせた。集会所は後ろだった。

二人は交互に振り返って、出入口に目をやった。

「もし刈谷って男がやってきたら、どうするの？」

「尾行して、まず自宅を突きとめよう」

「わたし、弔問客を装って中の様子を見てこようか？」

「いや、もう少しここで待ってみよう」

田所はリア・ウインドーの向こうに視線を延ばした。

三分ほど過ぎると、集会所から口髭《くちひげ》をたくわえた中年男が出てきた。刈谷正道だ。

刈谷は黒い礼服を着ていた。

「あれが刈谷だよ」

田所は里穂に言った。里穂が体を捻る。

刈谷はＢＭＷのかたわらを通り抜けると、路上に駐《と》めてある高級外車の運転席に乗り込んだ。車はグレイのロールスロイスだった。

ロールスロイスが走りだした。

「尾行開始よ」

里穂が車をスタートさせた。

刈谷の車は近くの環七通りに入ると、まっすぐに北上した。刈谷が尾行に気づいた様子はない。

やがて、ロールスロイスは左に折れた。

あたりは邸宅街だった。板橋《いたばし》区の常盤台《ときわだい》である。

五百メートルほど走り、刈谷の車は古めかしい洋館の門を潜《くぐ》った。

少し間を置いて、ＢＭＷは門柱の手前まで進んだ。田所は、門柱のレリーフ風の表札を確かめた。刈谷正道と読めた。

――ばかでかい屋敷に住んでやがるな。かなりあくどいことをやってるんだろう。

田所は胸底で呟いた。

運転席の里穂が短い悲鳴を洩らした。横を見ると、手の甲に牡丹《ぼたん》の刺青《いれずみ》のある男が里穂の白い項《うなじ》に匕首《あいくち》を添わせていた。田所は驚きの声を洩らした。

「おまえは……」

「待ってたぜ。まんまと罠《わな》に引っかかりやがったな」

男がうっすらと笑った。黄ばんだ乱杙歯《らんぐいば》が剝《む》き出しになった。田所は手が出せなかった。

助手席のドアが開けられた。そこには、前歯のない男とスキンヘッドの男が立っていた。

「野郎から先に降りてもらおうか」

歯なし男が言った。

「話はおれが聞くから、女には手を出すな」

「いいから、降りな。てめえには恨みがあるから、たっぷりかわいがってやらあ」

「くそっ」

田所は二人のチンピラを睨《ね》めつけて、車の外に出た。刺青男が里穂を運転席から引きずり出した。里穂は怯えきっていた。

剃髪頭の男がBMWに乗り込んだ。田所の車を屋敷の中に入れる気らしい。

逃げるチャンスはなかった。田所と里穂は、刈谷邸に連れ込まれた。

敷地は広かった。門から車寄せまで、五十メートルは優にある。樹木がこんもりと繁《しげ》り、プールまであった。

蔦《つた》の絡まる洋館も大きかった。スペイン風の造りだった。玄関も広々としている。

「お客さんをお連れしました」

刺青の男が、玄関ホールに接した部屋のドアをノックした。重々しい返事があった。

田所と里穂は背を押されて、室内に入った。

刈谷正道が深々としたソファに腰を沈めて、葉巻きに似た煙草をくゆらせていた。

葉煙草《シガリロ》だった。シガリロの強い香りが室内に満ちている。

「田所君、ようこそ」

刈谷が口を切った。田所は刈谷の前まで進んで、言葉を投げつけた。

「あんたが湯浅を使って、植草利直を植物状態にさせたんだなっ」

「その通りだよ」

「湯浅院長は、あんたにどんな弱みを握られてたんだ？」

「あの男は、八、九年前に製薬会社の社員とつるんで、危《ヤバ》いことをしてたんだよ」

「どんなことをしてたんだ？」

「いいだろう、教えてやる。湯浅は製薬会社の人間と組んで、モルヒネをヘロインに精製して、そいつをアメリカやカナダに密輸してたんだよ。いまは覚醒剤《シャブ》を扱うほうが旨味があるから、誰もヘロインには手を出さなくなったが、そのころは濡《ぬ》れ手で粟《あわ》だったんだよ」

「おれが仕組まれた手術ミスを嗅《か》ぎつけたんで、あんたは湯浅と植草を殺したんだなっ」

「言葉に気をつけたまえ。わたしは命令しただけさ。手を下《くだ》したのは、ここにいる岩井組の三人だよ。クロロホルムで湯浅を眠らせた後、二人を薬殺したそうだ。湯浅の遺書と数珠は、わたしのアイディアだよ」

「やっぱり、そうだったのか。麻酔医と看護師を心中に見せかけて爆死させたのも、あんただなっ」

「あの二人は少々、気の毒だった」

刈谷がそう言って、シガリロの火を揉み消した。

「植草とあんたは何かで決裂したんだな。しかし、それまでは手を結んでた。そうなんだろう?」

「ああ、そうだよ。若いが、あの男は悪党でね。植草は平松とかいう坊や、それから『エコー企画』の矢崎、さらに三村真由子とあんたの殺害をわたしに依頼してきたんだよ。殺しの報酬は、なかなかおいしい話だったがね」

「植草から、浅倉佳奈の新事務所のオーナーにしてやると言われたんだなっ」

「きみの推測通りだよ。前々からわたしは、興行界に復帰するチャンスを狙ってたんだ。話に乗ったよ。ここにいる若い連中に、さっそく平松、矢崎、三村真由子を始末させた。そうそう、暴走族の坊やが持っていた五百万円はわたしがいただいておいた」

「なんて奴なんだっ。植草は、初めから平松を殺す気だったのか？」

「そうだよ。植草は、平松とかいう小僧が何度も脅迫してくることを恐れたんだろう。きみについては、佳奈のスキャンダルが外部に洩れることを警戒して、大事を取る気になったんだろうな」

「やっぱり、そうだったのか」

「田所君、きみだけは殺《や》り損なったんだよ。城ヶ島沖、油壺のヨットハーバー、時限爆弾のプレゼント、オオトモ・ホテルでの襲撃と四度も狙ったんだがね。そのとばっちりで、三崎の何とかいう爺さんまで手にかけることになってしまった。若い者が、あんただけを轢《ひ》き殺すつもりだったんだがね」

「善さんを撥《は》ねたのも、やはり、おまえたちだったんだな」

田所は、里穂の喉元に匕首を突きつけている刺青の男に言った。

「城ヶ島でてめえがくたばってりゃ、あの爺さんはもっと長生きできたのにな」

「おまえが散弾銃《ショットガン》をぶっぱなしたのかっ」

「ああ。モーターボートが揺れるんで、仕留め損なっちまったんだ。でも、海上保安庁も警察《サツ》も、とろいぜ。おれたち三人は城ヶ島まで泳いで、しばらく島内に潜んでたのによ」

「実の父親以上に慕ってた善さんを死なせたおまえらは、絶対に赦せないっ」

どいた。

田所は吼《ほ》え、刺青男に殴りかかった。

と、男が匕首の刃を里穂の喉に強く押しつけた。里穂の顔が歪んだ。田所は拳《こぶし》をほどいた。

そのすぐ後、刈谷が話しかけてきた。

「田所君、わたしがなぜ植草をひと思いに抹殺せずに、わざわざ手術ミスまで起こさせて、あいつを植物状態にしたと思う？」

「最初は、殺す気がなかったからだろうが」

「それだけじゃ、正解とは言えんな。植草はわたしをオーナーに据えると約束しておきながら、だんだんわたしを避けるようになったんだよ。わたしが矢崎未亡人に圧力をかけて、違約金を一銭も払わずに未亡人に訴訟を取り下げさせた直後からな」

「五億の違約金を矢崎未亡人が受け取ったという報道は、それじゃ……」

「ああ、正しい報道じゃないね。わたしは一銭も払わずに、彼女に手を引かせたんだ。未亡人だって、金よりも命の方が大切だってことぐらい、ちゃんと知ってたよ。『エコー企画』も来年は、税金で大変だろうな。一応、表向きは五億の違約金を受け取ったことになってるわけだから」

「あんたは、ろくな死に方しないな」

田所は毒づいた。

「さあ、それはどうかな。植草の話だがね、わたしが奴に早く浅倉佳奈音楽事務所のマネージメントを任せろと迫ったら、あろうことか、あの男は逆にわたしを脅迫してきたんだよ」

「脅迫？」

「ああ、そうだ。植草はわたしが国有地の払い下げで、十数億円の甘い汁を吸った話をちらつかせて、手を引けと迫ってきたんだよ。植草はわたしを利用だけして、最初から自分が新プロダクションの実権を握るつもりでいたのさ」

「なるほど、それであんたは佳奈のマンションを家捜しさせたんだな。植草が握ってるあんたの悪事を裏づける証拠物件を回収したくて……」

「しかし、そんなものは事務所にも佳奈のマンションにもなかった。あれは、植草のはったり《ブラフ》だったんだろう。わたしは、植草に一度、警告を発したんだよ」

「わかったぞ。植草の車のブレーキオイルを抜かせたことだなっ」

「そうだよ。それで植草がビビると思ったんだが、奴は少しも怯《ひる》まなかった。そこで湯浅を脅して、植草を生ける屍《しかばね》にしてやったのさ。奴の息の根を止めなかったのは、佳奈のことを考えたからだよ」

「どういうことなんだ？」

「わたしは、佳奈が植草に惚《ほ》れてることを知ってたんだよ。植草を殺《や》ってしまったら、佳奈は絶望的な気持ちになって、とんでもないことをしでかすかもしれない。わたしは、そのことを心配したのさ。あの娘がちゃんとスケジュールをこなしてくれなければ、オーナーになっても、金は転がり込んでこないからな」

刈谷がうそぶき、唇を歪めた。

「そういうことだったのか」

「植物状態のまま、植草はずっと生かしておくつもりだったんだ。むしろ佳奈があいつのために、懸命に働いてくれると思ったからな。ところが、きみが麻酔医の土居を罠に嵌めて、作為的な手術ミスがあったことを認めさせた。湯浅院長は、えらく小心者でね。きみから土居の告白を聴かされてから、ひどく取り乱しはじめたんだよ」

「院長を放っておいたら、やがては自分の身も危なくなる。あんたはそう思って、湯浅が植草を薬殺した後、自殺したように偽装工作したってわけだなっ」

「その通りだ」

「植草綾子とは、いつ関係ができたんだ？」

「七、八カ月前かな。綾子は贅沢《ぜいたく》な生活に憧《あこが》れてたんだ。口説くのに時間はかからなかったよ」

「綾子には何をやらせたんだ？」

田所は訊いた。

「植草の動きを探らせたのさ。綾子は実に忠実なスパイだった。しかし、もう彼女は必要なくなった。わたしは女好きだが、女は信用しないことにしてるんだ。そんなわけで、いまだに女房は持ったことがないんだよ。ひとりで暮らすには、この家は少々広すぎるがね」

「綾子の手だって、汚れてるんじゃないのか？」

「あの女は手術ミスの示談金と称して、湯浅から現金二千万円と四百五十万のダイヤの指輪をせしめただけさ」

「あくどいことをしやがる」

「しかし、どちらも罪にはならんだろう。綾子の亭主は、湯浅の手術ミスで植物状態にさせられたわけだからな。いってみれば、正当な賠償金だよ」

「どうせあんたが、綾子に知恵をつけたんだろうが」

「否定はせんよ」

「いずれ綾子から、賠償金とやらも取り上げる気でいるんじゃないのか！」

「その質問には答えないことにしよう。くっくく」

刈谷が下卑た笑い方をして、おもむろに懐から消音器付きの拳銃を取り出した。ワルサーP5だった。

# 4

「おれを撃つ気か？」

田所は訊いた。いくらか声が震えた。

「それは、きみの出方次第だな。麻酔医の証言を納めた録音音声をわたしに素直に渡して、一連の事件に目をつぶってくれたら、命は助けてやろう。わたしも少々、殺人ゲームに飽きてきたんでね。できたら、きみのような活《い》きのいい男は生かしておいてやりたい」

「断ったら、どうする？」

「きみは断れんさ。あれを見てくれ」

刈谷がマントルピースの脇にある大きな水槽を指差した。観賞魚が泳いでいた。三十尾はいそうだ。石首魚《いしもち》に似た魚だった。

「熱帯魚が、なんだって言うんだっ」

田所は声を張った。

「あれはピラニアだよ。きみも知ってるだろうが、ピラニアは獰猛《どうもう》な肉食魚だ」

「ピラニアだって？　そんな子供だましの脅しは通用しないぜ」

「信じないらしいな。それなら、証明してやろう」

刈谷が、前歯のない男に何か目顔《めがお》で告げた。

男はいったん部屋を出て、数分で戻ってきた。歯なし男は茶色い仔犬《こいぬ》を抱きかかえていた。仔犬《こいぬ》は、四肢を麻のロープで固く縛られている。

男が水槽に歩み寄った。

仔犬は肉づきがよかった。男が水槽の金網を取り除くと、急に仔犬が怯えはじめた。毛細血管の浮いた眼球がいまにも零《こぼ》れ落ちそうだった。

前歯のない男は、茶色い仔犬を無造作に水槽の中に落とした。わずかなためらいさえ、見せなかった。

仔犬が全身で、もがきはじめた。

しかし、それも長くはつづかなかった。水面が大きく波立ち、血の色が拡がった。

三十尾ほどの魚は、狂ったように仔犬の肉を噛み千切っていた。
五、六分で、仔犬は骨だけにされた。皮も、ほとんど残っていなかった。
里穂が意味不明の叫び声をあげた。田所も総毛立っていた。

「これで、水槽の中の魚がピラニアだということを信じてもらえたかね？」

「惨《むご》いことをしやがる」

「あの仔犬は二、三日前に、ここに迷い込んできた捨て犬なんだ。何もかわいそうがることはない。ピラニアに喰わせなくても、どっちみち、野犬狩りで取っ捕まるんだからな」

「誰かが拾って、育てたかもしれないじゃないか」

「仔犬のことより、例のメモリーはどこにある？」

「おれの部屋だ」

「メモリーを取りに行ってもらおう。連れの女性は預かる。きみが戻って来なければ、彼女の顔面を水槽の中に押しつけることになるぞ。数秒で、お岩さんだろうな」

「連れを巻き込むのはやめろ！　あの録音音声はあんたにくれてやる。その代わり、彼女をすぐにここから出してやってくれ」

「それはできない。わたしは用心深い男なんでね。女が警察に駆け込まないという保証はないからな」

「まっすぐ家に帰らせる」

「駄目だと言ったら、駄目だっ。監視の者と一緒に家に行って、ＩＣレコーダーのメモリーを取ってくるんだ！」

刈谷が苛立《いらだ》たしげに喚《わめ》き、ソファから立ち上がった。

右手のワルサーＰ５が不気味だった。すでにスライドは引かれている。

「彼女に妙な真似《まね》はしないだろうな」

「心配するな。われわれは、そのへんのチンピラじゃない。女を犯したりはしないよ」

「わかった。それじゃ、ICレコーダーのメモリーを取ってくるよ。その前に彼女を励ましてやりたいんだ。ちょっといいか？」

「ああ、いいとも。怯えてるようだから、力づけてやりたまえ」

「そうしよう」

田所は里穂に近づいていった。里穂は、刺青の男に匕首を突きつけられたままだった。

「彼女とキスさせてくれ」

田所は立ち止まって、刺青男に言った。

「好きにしな。これで長いお別れになるかもしれねえんだから、存分に唇を吸ってやんなよ。ついでに、おっぱいも揉《も》んでやれ」

「ドスをどけてくれ」

「焦るなって」

男が薄笑いをし、匕首を下げた。

その瞬間、田所は男の手首を摑んだ。同時に、相手の膝の裏を蹴った。

刺青の男の体が傾いた。

田所は素早く匕首を奪い取って、相手の首に左腕を回した。力を込めて、男の首を絞めつける。匕首の切っ先を相手の脇腹に押し当てた。

「ワルサーを捨てるんだ！　さもないと、こいつの腹をドスで抉《えぐ》るぜ」

田所は、刈谷に言い放った。

「どうぞやってくれ。きみがやってくれるんだったら、わたしはわざわざ自分の手を汚さずに済む」

「あんたは、こいつらを始末する気でいたのか⁉」

「そうだ。殺し屋を生かしておくと、そのうち足がつくかもしれないんでな」

刈谷がワルサーＰ５の銃口を刺青の男に向けた。

「社長、わしらはあんたのために働いてきたんですぜ」

「報酬はやったはずだ」

「て、てめえっ」

刺青男が上着の内ポケットに手を伸ばした。拳銃を出す気だろう。

田所は横に跳《と》んだ。

ワルサーＰ５が上下に跳《は》ね、かすかな発射音がした。刺青男は左腹を押さえて、立ち竦んだ。指の間から血潮が噴いている。

刈谷の手の中で、ふたたび拳銃が躍った。刺青男は首を撃たれて、後方に吹き飛ばされた。

「兄貴！」

前歯のない男が叫んだ。その直後、男は刈谷の放った銃弾に左胸を撃ち抜かれた。

スキンヘッドの男がひざまずいて、刈谷に命乞《いのちご》いをした。

その股間は濡れていた。どうやら恐怖のあまり、失禁してしまったらしい。

「殺さないでください。お、おれ、社長のためだったら、なんでもやります。だから、どうか……」

「見苦しいぞ。男なら、潔《いさぎよ》く死ね！」

刈谷が冷ややかに言って、拳銃の引き金《トリガー》を引き絞った。

スキンヘッドの男は、まともに顔面を撃ち砕かれた。鮮血がしぶき、肉片が四方に飛び散った。

「きみたちにも死んでもらおう。ＩＣレコーダーのメモリーはもういいよ。三人殺すも五人殺すも同じことだ」

刈谷が体の向きを変えて、そう言った。

とっさに田所は、里穂の前に立ち塞《ふさ》がった。

「彼女は撃たないでくれ。あんただって、女を殺すのは気が重いだろうが」

「男も女もないさ。二人とも運が悪かったと思って、諦《あきら》めるんだな」

刈谷が一歩前に出た。

この男は本気で撃つ気だ。里穂を救うには、刈谷と刺し違えるしかない。

田所は姿勢を低くして、奪った匕首を握り直した。

右手の痛みは忘れていた。田所は、床を蹴るチャンスをうかがった。

刈谷がワルサーP5のグリップに両手を掛けた。

そのときだった。田所の背後で、つづけざまに銃声が三度轟《とどろ》いた。刈谷が踊るように体を泳がせ、後方にゆっくりと倒れた。

田所は振り返った。

広い玄関ホールに、浅倉佳奈が立っていた。

佳奈は両手で、拳銃を支えている。デトニクスだった。植草利直が護身用に持っていたオートマチックにちがいない。

田所は溜息《ためいき》をついた。

匕首を足許に落として、アイドル歌手に駆け寄る。たなびく硝煙で、むせそうになった。

「どうして、きみがここに？」

「利直さんが吹き込んだ録音音声が、わたしの羽毛枕《うもうまくら》の中に入ってたの」

佳奈が上擦《うわず》った声で答えた。

「もっと詳しく説明してくれないか」

「わたし、田所さんたちが帰った後、すぐに目を覚ましたのよ」

「親父さんに起こされたのか？」

「ううん、そうじゃない。目を覚ましたのは、頭に何か堅い物が当たったからよ。それでわたし、枕の中を検《しら》べてみたの。そしたら、ＩＣレコーダーのメモリーがあったのよ」

「どんなことが録音されてたんだ？」

「自分が不自然な死に方をしたら、刈谷正道に殺されたと思ってくれって。それから刈谷が、あたしの事務所を乗っ取ろうとしてるって話も録音されてたわ」

「それだけか？」

「ううん、まだある。刈谷が国有地の払い下げで、政界や財界の人に働きかけて、不正な手段で莫大《ばくだい》な利鞘《りざや》を稼いだ事実を証拠づける写真や文書を銀行の貸金庫に入れてあるから、それを警察に届けてくれとも喋ってたわ」

「もうメモリーは警察に届けたのか？」

「まだよ。録音音声を聴き終えて、わたし、すぐタクシーでここに来たから」

「そうか。刈谷とは面識があったんだね？」

「うん。一度、利直さんに連れられて、ここに来たことがあるの」

「そうだったのか」

田所は短く言って、振り向いた。

刈谷正直は仰向《あおむ》けに倒れていた。顔、肩、腹の三カ所が赤かった。

「全員、死んでるわ」

里穂が蹌踉《そうろう》と歩み寄ってきて、どちらにともなく言った。すると、佳奈が里穂に訊いた。

「刈谷は本当に死んでた？」

「ええ」

「わたし、自首するわ。刈谷がいくら悪党でも、一応、人間だもんね」

「………」

里穂が困惑顔を田所に向けてきた。田所は小さくうなずき、佳奈に言った。

「きみは自首なんかすることないさ」

「えっ、なんで？　わたし、人を殺したのよ。田所さん、見てたでしょ？」

「刈谷は、人間の姿をした獣《けだもの》だよ。人間なんかじゃない。獣を殺したって、人殺しにゃならないさ。だから、きみは罪悪感なんか持たなくてもいいんだ」

「わたし、もうどうなってもいいの。利直さんがもうこの世にいないんだから、生きてたってしようがないもん。死刑になっても、かまわないわ」

「きみがそんなこと言ったら、植草氏は悲しむぜ。彼はね、きみをトップスターにすることを夢見てたんだ」

　田所は言った。とっさに頭に閃《ひらめ》いた嘘だった。

「その話、ほんとなの？」

「もちろんさ。きみが捨て鉢になったら、彼の夢はどうなる？」

「でも……」

「植草氏を愛してたんだろう？」

「そりゃ、もう！」

「だったら、彼の夢をきみ自身が実現させるんだ。それが、いちばんの供養になるんじゃないか？」

「だけど、このままじゃ、わたし、きっと逮捕《パク》られちゃうわ」

「後のことはおれがうまくやるから、きみは自分のマンションに帰るんだ」

　田所は佳奈の手からデトニクスを捥取って、里穂に早口で命じた。

「佳奈ちゃんをタクシーに乗せたら、おれの車のエンジンをかけといてくれないか」

「何を考えてるの？」

「早くしてくれ！　近所の連中がさっきの銃声を聞いて、一一〇番しただろう。パトカーが来る前に、やっておかなきゃならないことがあるんだ」

「いいわ。あなたの言う通りにする」

里穂はそう言うと、アイドル歌手を強引に外に連れ出した。

田所は、水槽のある部屋に戻った。

ハンカチを抓《つま》み出し、デトニクスに付着した佳奈の指紋や掌紋をきれいに拭《ぬぐ》い取った。拳銃をハンカチでくるみ、手の甲に刺青のある男の死体のかたわらに屈み込む。

田所は、男の右手にデトニクスを握らせた。

男の指に自分の指を重ねて、彼はトリガーを強く引いた。乾いた銃声がし、飛び出した弾は壁にめり込んだ。

刈谷と刺青の男は、互いの足を向け合っていた。

これで警察は、こいつらが撃ち合いをして死んだと思うだろう。刺青男の右手には、硝煙反応が出るはずだ。

田所はほくそ笑んで、刺青の男の上着の内ポケットを探った。

指先が、ひんやりとする物に触れた。摑み上げる。やはり、ポケットピストルだった。スミス&ウエッソンM61エスコートだ。弾倉《マガジン》を調べてみる。実弾は五発入っていた。

何かの役に立つかもしれない。

小型拳銃とハンカチを上着のポケットに落とし込んで、田所は立ち上がった。

玄関に急ぐ。

表に出た。田所の車は、門の前で待機していた。ＢＭＷに走り寄り、大急ぎで助手席に乗り込む。

ドアを閉めると、里穂がＢＭＷを急発進させた。

「浅倉佳奈をタクシーに乗せてくれたか？」

「ええ、乗せたわ」

「サンキュー」

「部屋で、どんな細工をしてきたの？」

「悪党どもが仲間割れしたように見えるよう、ちょっとした細工をな。自首しない限り、佳奈は手錠を打たれることはないだろう」

「借りを返したのね」

「いや、返したことにはならないさ。多分、借りは一生返せないだろう」

「一連の事件のことも、警察には言わないつもりなんでしょ？」

「おれは国家権力とはどうも相性が悪くてな」

田所はカーラジオを点《つ》けた。

ちょうど浅倉佳奈の新曲が流れてきた。別れた恋人を偲《しの》ぶ歌だった。

ちょっとできすぎだ。

田所は偶然を笑った。

そのとき、前方から二台のパトカーが走ってきた。どちらも赤い回転灯を瞬《また》かせていた。

里穂が減速して、早口で言った。

「あのパトカー、刈谷の家に向かってるんじゃない？」

「多分な」

「危ないとこだったわね」

「どうやらおれは、悪運が強いらしい」

田所はにんまりして、シートに深く凭《もた》れ掛かった。

二台のパトカーがサイレンを鳴らしながら、かたわらを走り抜けていった。やがて、佳奈の歌が終わった。

田所はラジオのスイッチを切った。里穂が徐々に加速していく。

「明日、骨になってしまった善さんに会いに行こうと思うんだが、一緒に行くかい？」

「ええ」

「じゃあ、朝早く出かけよう」

「わたし、朝は弱いな」

「おれが起こしてやるよ」

「それ、泊まれって謎《なぞ》をかけたのかしら？」

「年上の人間をからかうもんじゃない」

田所は空咳《からぜき》をして、煙草をくわえた。横目で里穂を盗み見る。

里穂は必死に笑いを堪《こら》えていた。

田所はラークに火を点け、深く喫《す》いつけた。熱い夜になりそうだった。

本書は二〇〇〇年十月に桃園書房より刊行された『邪悪』を改題し、大幅に加筆・修正しました。

なお本作品はフィクションであり、実在の個人・団体などとは一切関係がありません。

文芸社文庫

# 市民刑事《デカ》

二〇一五年十二月十五日　初版第一刷発行

著　者　南英男
発行者　瓜谷綱延
発行所　株式会社　文芸社
〒一六〇‐〇〇二二
東京都新宿区新宿一‐一〇‐一
電話　〇三‐五三六九‐三〇六〇（編集）
〇三‐五三六九‐二二九九（販売）
印刷所　図書印刷株式会社
装幀者　三村淳

© Hideo Minami 2015 Printed in Japan
乱丁本・落丁本はお手数ですが小社販売部宛にお送りください。
送料小社負担にてお取り替えいたします。
ISBN978-4-286-17167-8

[文芸社文庫　既刊本]

**火の姫　茶々と信長**
秋山香乃

兄・織田信長の命をうけ、浅井長政に嫁いだ於市は於茶々、於初、於江をもうけるが、やがて信長に滅ぼされる。於茶々たち親娘の命運は――？

**火の姫　茶々と秀吉**
秋山香乃

本能寺の変後、信長の家臣の羽柴秀吉が後継者となり、天下人となった。於市の死後、ひとり残された於茶々は、秀吉の側室に。後の淀殿であった。

**火の姫　茶々と家康**
秋山香乃

太閤死して、ひとり巨魁・徳川家康と対決する於茶々。母として女として政治家として、豊臣家を守り、火焔の大坂城で奮迅の戦いをつらぬく！

**それからの三国志　上　烈風の巻**
内田重久

稀代の軍師・孔明が五丈原で没したあと、三国志は新たなステージへ突入する。三国統一までのその後のヒーローたちを描いた感動の歴史大河！

**それからの三国志　下　陽炎の巻**
内田重久

孔明の遺志を継ぐ蜀の姜維と、魏を掌握する司馬一族の死闘の結末は？　覇権を握り三国を統一するのは誰なのか⁉　ファン必読の三国志完結編！

[文芸社文庫　既刊本]

**トンデモ日本史の真相　史跡お宝編**
原田　実

日本史上の奇説・珍説・異端とされる説を徹底検証！　文庫化にあたり、お江をめぐる奇説を含む2項目を追加。墨俣一夜城／ペトログラフ、他

**トンデモ日本史の真相　人物伝承編**
原田　実

日本史上でまことしやかに語られてきた奇説・珍説・伝承等を徹底検証！　文庫化にあたり、「福澤諭吉は侵略主義者だった?」を追加(解説・芦辺拓)。

**戦国の世を生きた七人の女**
由良弥生

「お家」のために犠牲となり、人質や政治上の駆け引きの道具にされた乱世の妻妾。悲しみに耐え、懸命に生き抜いた「江姫」らの姿を描く。

**江戸暗殺史**
森川哲郎

徳川家康の毒殺多用説から、坂本竜馬暗殺事件の謎まで、権力争いによる謀略、暗殺事件の数々。闇へと葬り去られた歴史の真相に迫る。

**幕府検死官　玄庵　血闘**
加野厚志

慈姑頭に仕込杖、無外流抜刀術の遣い手は、人を救う蘭医にして人斬り。南町奉行所付の「検死官」が、連続女殺しの下手人を追い、お江戸を走る！

［文芸社文庫　既刊本］

**蒼龍の星㊤　若き清盛**
篠　綾子
三代と名づけられた平忠盛の子、後の清盛の出生の秘密と親子三代にわたる愛憎劇。やがて「北天の王」となる清盛の波瀾の十代を描く本格歴史浪漫。

**蒼龍の星㊥　清盛の野望**
篠　綾子
権謀術数渦巻く貴族社会で、平清盛は権力者への道を。鳥羽院をついで即位した後白河は崇徳上皇と対立。清盛は後白河側につき武士の第一人者に。

**蒼龍の星㊦　覇王清盛**
篠　綾子
平氏新王朝樹立を夢見た清盛だったが後白河との仲が決裂、東国では源頼朝が挙兵する。まったく新しい清盛像を描いた「蒼龍の星」三部作、完結。

**全力で、1ミリ進もう。**
中谷彰宏
「勇気がわいてくる70のコトバ」――過去から積み上げた「今」を生きるより、未来から逆算した「今」を生きよう。みるみる活力がでる中谷式発想術。

**贅沢なキスをしよう。**
中谷彰宏
「快感で生まれ変われる」具体例。節約型のエッチではなく、幸福な人と、エッチしよう。心を開くだけで、感じるような、ヒントが満載の必携書。